小林一茶

時代を詠んだ俳諧師

青木美智男
Michio Aoki

岩波新書
1446

はじめに

江戸後期の俳諧師小林一茶は、いま風に言えばメモ魔であった。毎日の出来事を簡略に記録し、それを整理して書き留めてきた稀有な俳諧師だった。そのため俳諧師として活動しはじめた頃からの日記がほぼ残されている。三〇代の初めから五〇代にいたる「寛政句帖」「享和句帖」「文化句帖」、四〇代から五〇代にいたる「七番日記」、五〇代から晩年までの「八番日記」「文政句帖」と亡くなるまで、途切れることなくその日の出来事と詠んだ句を克明に記録してきた俳諧師だった。

また生涯に詠んだ句数でも、松尾芭蕉や与謝蕪村など江戸時代を代表する著名な俳諧師とは比べものにならないほど多作の俳諧師であった。三〇代前半から亡くなる六五歳までの約三五年間の間に二万一二〇〇近い句を詠んでいる。それは芭蕉が五〇年の生涯で九七六句を残し、六七歳で亡くなった蕪村が二九一八の句しか残していないことから考えれば、驚くべき数である。

芭蕉も蕪村ももっとたくさん詠んでいて、そのなかから珠玉の作品だけを残したと言われているのだが、その点では一茶も同様で、詠んだ句すべてが今に残されているわけではない。日記に書き留める際、取捨選択が行われ、残された句だけが記録された。しかも一茶は近世後期の俳諧師なので、いまだに知らざる新句が発見される。つまり正しい数は摑みきれていない。

私たちは、こうした二万強に及ぶ作品のほんの一部、とくに芭蕉とその門人によって確立された俳句の作風である蕉風(正風)に近い句を読み、俳諧師一茶の作風を知り、一茶像を描いてきた。それは慈愛に満ちたお爺さんというイメージの一茶像であった。しかしこうした一茶像は、一茶が詠んだ句を蕉風的美意識で選別する作品論的観点からのみ描かれた人物像である。

一茶の場合は、膨大な数の句や句文集を残してきただけでなく、その他に俳諧仲間との交流記録(「急逓記」)、全国に存在する俳諧師の作品収集の記録(「随斎筆紀　抜書」)、そして読書・学習記録(「俳諧寺抄録」など)にいたるまで、生涯にわたって書き綴ってきた関係記録が存在する点で、江戸時代に活躍した他の俳諧師とは大きく異なる。

その点で一茶は、二万一千余の句の作品論的分析もさることながら、その生涯と彼の作風や社会への関心などについて、歴史学的観点から具体的に浮き彫りに出来る稀有な俳諧師と言えるだろう。

「さび」を重んじた蕉風が、世俗にありながら世俗の言葉(俗談平話)で風雅を追求することを理想としてきたとすれば、世俗という時代の流れに逆らうことはできない。俳諧師も時代の子であって、彼らが詠んだ句もまた時代を体現している。しかし多くの俳諧師は極限まで自己抑制した表現で世俗を詠んできたので、そこに世俗や時代の流れが沈潜してしまい、風雅さだけが表出する句が多い。

その点で一茶はかなり違う。世俗に生き、世俗を見つめ、世俗の言葉を使いながら自己の思いや時代の動きを率直に句に詠んできた俳諧師である。それがあまりに世俗的表現すぎるため特異な俳諧師と見られてきた。しかしその素直さや人間的感情の表出は多くの俳諧師に共感され、いつしか「一茶調」と呼ばれ、仲間から一目も二目も置かれる存在となった。その点で一茶は時代を詠んだ俳諧師だったのである。

ただこれから紹介する句の多くは、蕉風的美意識から見れば「句屑（くくず）」であり、一茶句集のほとんどに採録されることがない。しかし歴史学的な観点から読めば、それらは俳人一茶が自己の人生観や時代観を飾り気なく表出した句ということになる。本書ではそのような句ばかりを紹介することになり、文学的観点から見れば違和感を持たれることになるかも知れないので、予めお断りしておきたい。

なお、引用した一茶の句や書簡などはすべて『一茶全集』(信濃毎日新聞社)に拠った。

目　次

はじめに

1　時代を詠んだ俳諧師 …… 1

一茶句碑第一号／一茶調／慈愛に満ちた一茶像は近代から／終生変わらぬ農民への畏敬／一茶の理想／目線は江戸の下層民にも／逆境が育む珠玉の句

2　学びの時代 …… 27

「下〳〵の下国」に生まれる／北国街道柏原宿／子どもは貴重な労働力／親は江戸へ冬季稼ぎ／せめてイロハだけでも／少年期一茶の文化状況／柏原宿の俳諧

3 江戸の場末の裏長屋……47
俳諧師一茶／裏店での暮らし／裏長屋の世界／身につまされる信州人の江戸奉公

4 四国・九州・中国・上方へ……67
西国へ向かう／漂泊の旅／長崎で見た異国色／自立する一茶／話し言葉の衝撃／江戸の一茶へ

5 国学の隆盛と世直し願望……93
俳諧情報の収集／国学思想への傾倒／自国観の形成／日本・君が代／世は末世／世直し願望の表出／養蚕・製糸業と「買食の者」の増大

6 北方への関心、差別への眼差し……137
蝦夷地への関心／差別への眼差し／反骨と滑稽と

7　老いの生と性 …… 155
信州の一茶へ／荒凡夫一茶／姥捨て伝説／生と性への執念

おわりに …… 175

参考文献

年　表

一茶発句索引

1　時代を詠んだ俳諧師

一茶句碑第一号

松蔭に寝て食ふ六十余州哉

という句を刻んだ句碑が、長野県上水内郡信濃町柏原の諏訪神社の入口に建っている。これが全国に三〇〇以上存在する一茶句碑の第一号である。一茶三回忌に当たる文政一二年(一八二九)に、門弟と親族が追善のために、北国街道の古間宿から柏原宿に入る入口に建てた。

小林一茶と言えば、即座に思い浮かぶのは

我と来て遊べや親のない雀　「おらが春」文政二年
雪とけて村一ぱいの子ども哉　「七番日記」文化一一年
痩蛙まけるな一茶是に有　同　文化一三年
雀の子そこのけ〳〵御馬が通る　「八番日記」文政二年

などの句であろう。いずれも一茶句集には決まって掲載される著名な句ばかりである。これらの句から浮かびあがるのは、子どもや動物たちに対して慈愛に満ちた眼差しを向ける優しい一茶像である。だが句碑第一号に選ばれた句は、意外にも季語もなく、情緒も風情もない。発句集では「雑」の部に入る句であることに驚かされるだろう。

当然、門弟たちは選句に当たって、一茶の作風にもっとも相応しい句はどれかを話し合った。しかし一茶は生涯で二万一〇〇〇以上の句を詠んだ俳諧師である。そんな句のなかから選句する時間的な余裕はない。また門弟らもそれぞれに評価基準が違うからまとまらない。

そこで彼らはもう一つの追善事業としてかかわった、同年(文政一二)刊の俳諧寺社中編『一茶発句集』(京都、仁龍堂版)という遺稿集のなかから選ぶことを思いついた。なぜならこの句集は、一茶が生前にまとめていた自選の発句集だったからである。

一茶はすでに膨大な句のなかから五二一句を選んでいた。門弟たちは「雑」の部の最後に、「天下泰平」という添え書きのある「松蔭」の句に注目した。そして「序文」に記された「(芭蕉)翁に古池在て後古池の句なし、一茶に松蔭の句あつて後まつかげの句なし」という句評を選句の裏づけとした。そうすれば発句集刊行と句碑建立という二つ追善事業が一体化できると考えたからである。天保の飢饉(ききん)の予兆が顕在化しだして社会不安が増大した時期でもあったので、いつも「天下泰平」を願っていた一茶にもっとも相応しい句と判断したのだろう。

この句の初出は、北国街道長沼宿(現長野市内)の名主・問屋を務める松井善右衛門(俳号・松(しょう)

宇）の還暦を賀する句集「杖の竹」である。この還暦祝賀句集は、表向きは松宇編となっているが、実際は一茶が代選したもので、文化一三年（一八一六）に刊行された。そして句集の末尾を飾って、

国家安全
松かげに寝てくふ六十余州哉　一茶

五穀成就
万代（よろづよ）や蝶が出たれば草も出る　松宇

と両編者の句が収載されている。それもなんと「国家安全」と生々しい政治性を前面に押し出した前書（まえがき）が添えられている。前書とは、俳句の脇に書かれた説明文を指すが、そこに「国家安全」とか「天下泰平」という言葉を添えれば、誰しも「松蔭」＝松平様＝徳川幕府のお蔭で六十余州、つまり日本全国が泰平を謳歌（おうか）していると読むのが自然である。

この句碑が柏原宿の一茶の居宅のはす向かいにある諏訪神社の境内入口に移されたのは、明治一一年（一八七八）だと言われてきた。明治天皇が北陸巡幸のため柏原宿で小休した年である。そのため、徳川の世を謳歌した句碑が村の入口に置かれていては、天皇に恐れ多いと判断され

て撤去され、現在地へ移されたのだという。しかし実際は、道路拡張のため前年九月末に村が「俳諧師一茶翁の石碑、これまで坂口往来の東の方にこれあり候を、一同議決の上、下の諏訪社の前へ立てる」(『柏原町誌』)と議決していたことが判明し、俗説だったことが分かった。

しかし明治三〇年(一八九七)に刊行された最初の一茶評伝、宮沢義喜・岩太郎編の『俳人一茶』(三松堂)には、「始め坂上柏原と古間との境にありしを、明治十一年、御巡幸の際ここに移しけるものなり」と書かれているように、そんな風評が早くから存在したことだけは間違いない。それほどたいへん政治性豊かな句であると、この地域に住む人々の間では認識されていたことを物語っている。

一茶を取り巻く門弟(俳諧寺社中)が、「松蔭の句あつて後まつかげの句なし」という理由をつけて句碑第一号に選んだとすれば、彼らは一茶の句が、「俗談平話」を使いつつ、もの静かで、しっとりとした情緒や軽やかな情感や滑稽(こっけい)味をベースに、自然と人間のかかわりを深くとらえる蕉風俳諧とは、かなり趣を異にする独自の俳風であることを熟知していたことになろう。どうみても一茶の「松蔭」の句を、蕉風を代表する「古池(古池や蛙飛びこむ水の音)」と同じ俳風の句と見ていたとは思えない。このことは一茶自身も自覚していた。心中ではいつも自ら詠む句は蕉風とは一線を画し、「荒凡夫(あらぼんぶ)」=粗野な人間のままで、「夷(ひな)の俳諧」=田舎俳風に徹し続けるという信念は生涯変えることはなかった。

それは一人の門弟から恋の句の句評を頼まれた時、「全く恋の調なくとも、俤にて恋をもたせるべし。かゝる句作、芭蕉一派の権也」(「李園あて書簡」文政二年二月)と、そうした謙虚な句の作り方こそ蕉風俳諧の作法だと言う一方で、「法に縛られずして法にかなえ」と、蕉風の作法にとらわれず作句せよと助言したように、己も蕉風を常に意識しつつも、それにこだわらない俳諧の世界を目指すことを心掛けていたのである。

芭蕉翁の臑をかぢつて夕涼

「七番日記」文化一〇年

と、五一歳の時、一茶は念願かなって故郷に戻ることが決まり、父の墓参のため柏原宿に戻る頃、晴れた日の夕暮れに、これまでの人生を振り返りながら、みんな芭蕉様のお蔭だと呟く句を詠んだ。しかしその一方で、同じ五月に

夕立や名主組頭五人組

「七番日記」文化一〇年

と蕉風とは無縁な無粋な句もつい詠んでいることからも、その心境を知ることができよう。

文化一〇年(一八一三)五月は、一茶の日記(「七番日記」)によれば雨の日が四日だけで、七日か

ら二三日までは晴天続きの空梅雨だった。村役人たちが夕立でも降ってくれよと雨乞いの準備をはじめる。こんな村の様子も即座に詠んでしまう俳諧師だった。

一茶調

近世俳諧史研究の第一人者だった栗山理一は一茶の二万を超す句を読まれて、彼の俳風を

少年時代を北信濃の農村ですごし、江戸に出てからも渡り奉公の辛酸をなめた彼は、骨身にしみて生活の痛苦を味わっている。生涯を通じて享楽的な消費生活など都鄙を問わずほとんど詠んでいない。彼の目をとらえているのは、ささやかな庶民生活の哀歓か、さもなければ無力な生活者の薄暗い宿命である。

と総括する。すべての句に貫通するのは、庶民とともに生きた一茶ならではの眼差しであるという。

しかしこんな句をしばしば詠む一茶が、当時の蕉風全盛の俳壇で宗匠として広く認められていたこともまた事実である。それは門弟の一人である西原文虎(一七八九～一八五五)が、一茶の死後まもなく書き留めた「一茶翁終焉記」のなかで、

抑々此翁、天性清貧に安座して、世を貪る志露ばかりもなし。其徳をしたひ其句をしたふもの、国をこへ境をこへて草扉をたゝく。さればこそ俳諧の李白、涎もすぐに句になるものから、一樽の酒に一百吟、その句のかるみ、実に人を絶倒せしむ。世挙つて一茶風ともてはやす。

と評していることからもうかがい知れよう。速射砲のように次々と出てくる句の「かるみ」＝さわやかな情感と滑稽さが、多くの俳人たちを圧倒し、生前その俳風を「一茶風」と言わしめるほどの独自の作風を創造するにいたったという。

嘉永五年(一八五二)に刊行された『おらが春』に序文を寄せた児玉逸淵(一七八九〜一八六一)をして、「実に近世独歩の俳道人とせむ歟」(『おらが春』序)とあるように、当時の俳諧師のなかでは独自の道を歩んだ存在で、文化文政期の俳諧師らの間では一目置かれた存在だったことだけは間違いない。

慈愛に満ちた一茶像は近代から

では一茶が詠んだ「我と来て」という句や「雪とけて」「痩蛙」の句など、子どもや動物へ優しい視線を注ぐ句が注目されだすのは、いつ頃からだろうか。

こうした句は、自ら手がけた句文集『我春集』(文化八年稿)、『株番』(文化九〜一一年稿)、『志多良』(文化一〇年稿)、『おらが春』(文政二年稿)、『まん六の春』(文政五年稿)にはほとんど選ばれていない。『おらが春』に「雀の子」の句が、『まん六の春』に

親雀子をかくせとや猫をおふ

という句が選ばれているだけである。「親雀」の句は文政五年閏一月が初出で、その時は「子を返せとや」(「文政句帖」)と詠んでいる。収録に当たって気になり改作したのだろう。

さらに見ていくと、一茶がかかわった撰集『たびしうゐ』(寛政七年刊)、『さらば笠』(寛政一〇年刊)、『三韓人』(文化一一年刊)や、一茶が代撰した『菫艸』(春甫編、文化七年稿)、『あとまつり』(魚淵編、文化一三年刊)、『杖の竹』(松宇編、同刊)、『たねおろし』(素鏡編、文政九年刊)などの句集には、まったく選句されていない。また、一茶死後に刊行された前出の文政版『一茶発句集』に「雀の子」の句が、嘉永版に「我と来て」の句が追加されているに過ぎない。このことは一茶自身も門弟たちにもそうした意識がほとんどなかったことを物語る。

じつは慈愛に満ちた一茶像が登場するのは明治時代からである。それは一茶の評伝第一号で

ある前出の『俳人一茶』(明治三〇年刊)で編者が、「翁の眸中に映ずる森羅万象有情活動す」と、我が子への慈愛を他人や動植物へも向けた人間性の豊かさに注目したのが最初であろう。そして同書に寄稿した獺祭書屋主人(正岡子規)が「一茶の俳句を評す」のなかで、「一茶は不平多かりしひとなり」、「一茶は熱血の人なり」と評したうえで、

彼の句に小児の可憐なる有様を述べたるもの極めて多し。只俳句として見るべきもの少きは、情勝つて筆先に随はざりしか。小児の事とし云へば、情激し心踊りて、句作にも推敲を費さざりしものと覚ゆ。其慈愛心は動物にも及べり。彼は雀の子の覚束なげに飛ぶを見ても、蛍の人に取られんとするを見ても、猶心を動かせり。

と述べ幾つかの俳句を紹介している。この子規の一茶評が今にいたる一茶像形成のさきがけとなる。

子規の一茶評は、その後、明治四三年(一九一〇)に刊行された一茶研究の決定版、束松露香著『俳諧寺一茶』(一茶同好会)に再録される。そしてさらに同書に寄稿した岡田虚心子が一茶の「慈愛」について詳細に論じたことが、現在の一茶のイメージ形成に大きな役割を果たしたのである。

では「雀の子」の句など慈愛に満ちた句は、一茶が何歳の頃に詠みだしたのだろうか。それは子規が指摘するように、家族、とくに生まれ来る子どもたちが次々と夭折する悲劇に見舞われた五〇代に入ってからである。

一茶は三〇代前半期から日記を残しているが、そこに書き留められた句のなかには、季節を代表する動物を詠んだ句はいくつか見られるが、せいぜい

今しがた此世(この)に出し(いで)蟬の鳴(なく)　「文化句帖」文化三年四月

馬の子も同じ日暮よ蝸牛　同　同

とある程度で、やや滑稽さは感じられるものの、優しい眼差しが注がれているかと言えば、そうは思えない。そうすると五〇代に入って慈愛に満ちた句をしばしば詠みだすのは、苦境のなかで突然人間性に目覚めたということになるが、そのようなことはあり得るのだろうか。

子規が一茶の句全体を評して、「世俗一茶の名句として伝ふる者多くは浅薄なる者のみ」と言い、栗山理一が「彼の目をとらえているのは、ささやかな庶民生活の哀歓か、さもなければ無力な生活者の薄暗い宿命である」と評したように、一茶の句に貫通するのは庶民への眼差しにあるように思う。それを子規は良い意味で「浅薄」と評したのであろう。では、それはなに

か。青年期からの句を通して見てみることとする。

終生変わらぬ農民への畏敬

一茶は寛政七年(一七九五)、三三歳の初夏、西国の旅の最中で、長門国宇部(現山口県宇部市)の周辺を逍遥していた。ちょうど田植えの時期だった。一茶はその光景を見ながら昼飯でも食べようかと土手に上がったが、疲れが出て昼寝をしたくなってしまった。その時、田んぼから田植えする女性の歌う田植え唄が聞こえてきた。それは耕作もせず俳諧など詠んで暮らしている男には、なんともったいない子守唄に聞こえた。そこで一茶の頭に

もたいなや昼寝して聞田うへ唄　「西国紀行」寛政七年

道とふも延慮がましき田植哉　同　同

という句が浮かび、懐中日記の余白に書き留めた。

田植えは、腰や背中の激痛に耐えながら行う重労働の農作業である。その苦痛を少しでも和らげるために、苗を植えつける女性の背後で、男衆が囃し、時には踊り、それにあわせて女性も歌う。とても道を尋ねる余裕もない忙しさだ、と読むのだろう。

村の子どもは七、八歳を過ぎれば、もう貴重な労働力である。当然一茶も田植えから稲刈りまでの労働を一五歳までの間に何度も経験しているので、その大変さは知り尽くしていた。だから田植え唄を聴きながら昼寝できるなんて、なんてもったいないことだという気持ちになり、汗水流し働く農民へ感謝の念を強めた。

一茶は年老いても、この時の光景を忘れることはなかったから、晩年の自選句集『一茶発句集』にこの句を採録した。その時わざわざ「粒々(りゅうりゅう)心(辛)苦」という前書を添えた。この前書は、西国の旅の惜別句集『さらば笠』の送り状に同句を書き添えた際に付けた三五歳の時の言葉であるが、晩年までそれを忘れなかった。そのうえ、死の直前の日記「文政九・十年句帖」の文政一〇年分にも同句が再録されている。一茶が農民への畏敬の念を生涯変えることがなかったことを物語る。

一茶は、社会が生産労働、なかでも農業労働によって成り立っているという基本的原理を身につけていた。しかもその労働の苛酷さを身をもって体験していたから、食糧生産を担う農民に敬意を払うのは当然であるという気持ちを持ち続けた。

しかし自分はもう農業生産者には戻れない。そこで一茶は、こうした農民への思いと自ら選んだ「不耕の民」としての狭間のなかで、生涯にわたって「俺っていう奴は」と自虐的な感情を持ち続け、時折その精神的な痛苦を句に託した。一茶は四三歳の年末、

耕さぬ罪もいくばく年の暮

「文化句帖」文化二年

と、俺は田畑の耕作から離れてしまってもう何年になるだろうか、罪作りだなあ俺っていう男は、という思いを表出する。そして四五歳になると

作らずして喰ひ、織らずして着る身程の、行先おそろしく

鍬の罰思ひつく夜や雁の鳴

「文化三―八年句日記写」文化四年

と、ますます農耕に従事しない俺は、毎晩のように罰として鍬でたたかれる夢を見るようになる。ついに恐ろしくなって目を覚ますと雁が鳴く声が聞こえてきて、秋の深まりを感じるという思いを吐露する。

前書の文章は、中国の古典『荘子』雑編「盗跖」第二九にある、大盗賊が孔子を批判した時の言葉の一節である。孔子は友人柳下李に弟の大盗賊盗跖を改心させてほしいと依頼されるが、盗跖の逆襲に遭う。その時の盗跖が言った「田も耕ずに食らい、織物も織らないで着物を着るだけで、唇を動かし舌を鳴らして、自分勝手に是非の判断を下し、天下の君主を惑わせる」と

いう言葉からの引用である。
一茶は自身を「田も耕さないで食べるだけ、織物も織らないで着物を着るだけ」という「不耕の民」の典型であると常に感じていた。
それゆえ一茶は生涯「不耕の民」＝非生産者である自分を責め続けたのであろう。

春がすみ鍬(くは)とらぬ身のもつたいな
「文化句帖」文化三年

穀(ごく)つぶし桜の下にくらしけり
同 同

二月、雪が解けだすと、いま頃故郷では農作業が始まる。それなのに俺は鍬(くわ)も持たない。なんて良い身分だ。しかもそんな罪作りな「穀つぶし」＝消費生活者が桜の花の下で酒なんて喰らってる。これで良いはずがない。やっぱり俺はただの穀つぶしだ。そんな俺のことを世間では「遊民」と言って蔑(さげす)むがそれも甘んじて受けよう。そしてこうも詠む。

遊民〳〵とかしこき人に叱られても今更せんすべなく

又ことし娑婆(しゃば)塞(ふさげ)ぞよ草の家
「文化句帖」文化三年

「国土のために用なき人間」(『町人嚢』)を遊民と定義づけたのは、「かしこき人」の一人である儒学者西川如見(一六四八～一七二四)だが、一茶もまた遊民に違いない。その通りだが、今さらどうしようもない。今年もまた俺は、屋根に草が生い茂るようなボロ屋のように、世間から「娑婆塞」＝役立たずと言われるような日陰者としての存在でしかないのかと自分を苛み通したのである。

一茶の理想

一茶がこのように、生涯を通して農民的目線で社会を見れば、農民の暮らしや生産にも大きな関心を持つのは自然である。当然江戸に居ても房総の村々を回っていても、農民たちの暮らしが気になってしかたがない。とくに故郷信州の村人が凶作などで生活が困窮すれば、なんとか回復してほしいと願望し、それを句に託す。

一茶自身は故郷にいる頃凶作に見舞われた経験はないが、宝暦五年(一七五五)、彼の村は記録に残るほどの凶作に見舞われている。年貢の減免や救済の要請をしても食糧不足に陥り、飢餓が農民を苦しめたことは親から聞いていただろう。また、一茶が江戸奉公中に起こった天明の大飢饉の際には、江戸でも民衆が米屋や質屋などの富商を襲う打ちこわしが起こったので、こちらも他人事ではなかったことだろう。じつは寛政三年(一七九一)帰郷の際には、「十とせ近くなれど、其ほとぼりさめずして、囀る鳥もすくなく、走る獣も稀也けり」(「寛政三年紀行」)と、いまだ惨状が生々しく残る天明三年(一七八三)の浅間山の大爆発のつめ跡も歩いている。そしてそれが天明の大飢饉の初発であることも、一茶は知っていた。

柏原村の人口は天明三年(一七八三)から寛政元年(一七八九)のわずか六年で、一一二人も減っている(『柏原町誌』)。間違いなく飢餓が原因の病死か、離村者による減少である。こんな深刻な情報はすぐ江戸にももたらされる。一茶はこうした農民たちの苦しみを忘れない。一茶が五七歳の時詠んだ、こんな句がある。

米国の上々吉の暑さかな　「八番日記」文政二年

稲の葉に忝さのあつさ哉　同　同

この句は、一茶が江戸から故郷の北国街道信州柏原宿に戻って数年たった文政二年(一八一九)六月に日記に書き留めたものである。

この年は空梅雨気味で、早くから猛暑が続いた。しかしこの暑さは、食糧のほとんどを米に依存している日本では、豊作を約束するすばらしい暑さなのだと思い、そんな気持ちを素直に詠んだのであろう。

この年の一茶の日記(「八番日記」)には、六月最後の日に、「雨　一日、晴　二十九日」と書き留められている。雨が降ったのがたった一日、あとは晴天続き。まさに空梅雨の年で、こう暑さが続くと体にこたえる。そこで

あゝ暑し何に口明くばか鳥

「八番日記」文政二年

と、カラスに当たり散らすが、

稲妻や一切(ひときれ)づゝに世がなをる(ほ)

「梅塵本八番日記」文政二年

と、午後になってまたたく間に空が黒雲に覆われ、雷鳴が響きわたり夕立が降るや、ああこれで今年は豊作だと安堵(あんど)する。しかし一茶の脳裏には一瞬一抹の不安がよぎる。

穀(こく)値段どかどか下るあつさ哉

「文政九・十年句帖写」文政九年

と、暑さによる豊作で米価が下落すれば、生産者の農民にとって困ったことになる。一茶はこ

こまで農民の暮らしに気をくばる俳人だったのである。

一茶最晩年の六四歳の時の句には、こんな句がある。この年の信州の秋は好天に恵まれ、豊作まちがいなしである。そして十五夜の晩がやってきた。すると一茶の頭には

世直しの大十五夜の月見かな　「文政九・十年句帖写」文政九年

という句が浮かぶ。じつはその前年、信州は大凶作で、一二月には大町、池田、穂高町その他で富農商に対し米買占めに反対した大規模な打ちこわし(赤蓑騒動という)が起こっている。この年の五月には米価が暴騰して善光寺門前でも不穏な動きがあった。農民思いの一茶がこんな情報を知らないはずはない。

今年の天気では、米価値下げの打ちこわしが起きる心配はなさそうだ。だから今夜の大きな十五夜の月は、まさに世が直る、「世直し」のシンボルだよという農民思いの気持ちを素直に詠む俳人であったのである。だから一茶の理想は

国土安穏とのん気にかゞし哉　「八番日記」文政四年

と大豊作で、稲穂をついばむ雀をそっちのけに、のん気に立っている案山子(かかし)に見えるような年であってほしい。そうであれば、まちがいなく句碑第一号に採用された句のように、「国家安全」で「天下泰平」の世が続くと思っていたのである。

一茶は農民生活に危難が及ぶような状況を知った時は、蕉風的自己抑制の表現などをかなぐり捨て、率直に自己の気持ちを句に託した。そんな句は文学的に見て情緒も情感もない無味乾燥な句に見えるから、句集などには選ばれない。しかしそれこそ一茶の農民への想いが込められた句であった。

目線は江戸の下層民にも

一茶は、生涯農民に対して限りない畏敬の念を持ち続け、その思いは少しも揺るがなかった。その原点は、故郷信州水内郡柏原村での農作業の体験である。そのため、継母との相続争いで村人から冷たい視線を浴びせられても、一茶は農業に従事する村人たちを直接非難する句は一つも詠まなかった。

逆に一茶は信州人が冬季稼ぎで江戸に出て「椋鳥(むくどり)」などと蔑まれれば、彼らに同情し、年季奉公人の交代(出代(でがわり)という)の際も、わざわざ信州と江戸を結ぶ中山道(なかせんどう)で最も江戸に近い宿場である板橋宿まで出かけて行き

江戸口やまめで出代る小諸節(こもろぶし)　「文政句帖」文政五年

と、信州人同志が故郷の民謡である小諸節でエールの交換をする姿を見て安堵する。そして冬季稼ぎで多数の信州人が江戸に出た村々の光景が目に浮かび、句に詠む。

田の雁や村の人数(にんず)はけふもへる　「七番日記」文化八年

秋が深まり村に舞い降りる雁(かり)の数が増えだす頃、逆に村々の人口は減りうら淋しさを増す。残された子どもたちは、どんな冬を過ごすのかと思いを馳せる。さらにその思いが高じると

そば時や月のしなの、善光寺　「七番日記」文化九年

と故郷信州への限りない愛着の表現となる。また

我庵(いほ)は江戸のたつみぞむら尾花　「七番日記」文化八年

と自分が住む「江戸のたつみ」、つまり南東の方角にあたる隅田川の「川向う」の芒（すすき）が生い茂る場末町深川の裏長屋の住民たちへも目を向ける。なぜなら住民たちの大半は「店借（たながり）」＝店子（たなこ）と呼ばれる下層民たちで、出自をただせば信州をはじめ諸国の村を離れ江戸に住み着いた元農民ばかりだからである。

年貢を納められず、村から逃げ出してきた者たちのほとんどは、元手（資本）もなければ手に職（技術）もない。だから仕事は限られ不安定な毎日を暮らす。その点で年季奉公人として江戸に来て貧相な暮らしをしている自分も同列である。一茶にはこうした江戸の下層町人もまた気にかかり、その暮らしぶりまでつい句に詠んでしまうのである。

逆境が育む珠玉の句

このように、一茶の生涯変わらぬ生産農民への思いは、いつも豊作で天下泰平であってほしいと願うだけではなかった。当然村を離れて江戸へ奉公や出稼ぎに出る農民にも、江戸に定着し裏長屋に住む下層民たちにも目線が向く。そしてさらにこうした人々を取り巻く社会や政治の動きに敏感に反応し、農民的立場を鮮明に表出する句を詠む。江戸に住んでも江戸っ子になり切れず、村社会に生きる人々に共感を持ち続けたのである。

晩婚の一茶は、生まれた子どもが次々と夭折するという体験をする。その人間的苦悩を経つつ、どんな相手にも無垢な気持ちで接する子どもから、田畑の耕作で労苦を共にした家畜や、身の回りの小動物の仕草にいたるまで視線が及び、身近に感じるようになる。そうしたなかで一茶文学の珠玉の句文集『おらが春』が書かれる。そして

名月を取てくれろと泣く子哉
「おらが春」文化一〇年

という名句が生まれる。

逆境は芸術を育むという。こうして見ると一茶句碑第一号に選ばれた「松蔭」の句も「雀の子」の句もまったく同じ目線上で詠まれた句であると言うことができるだろう。

一茶は、自分に対してもすごく正直だった。そしてそのことを臆面もなく素直に句に詠む俳諧師だった。ちょっとした身の回りのことや、身体の変化などを句に託す。たとえば

なけなしの歯をゆるがしぬ秋の風
「文化五・六年句日記」文化六年

花げしのふはつくやうな前歯哉
「七番日記」文化九年

すりこ木のやうな歯茎も花の春
同　文化一〇年

かくれ家や歯のない口で福は内　　　　同　同

という句がそうである。一茶は以前から歯痛に苦しみ、四〇代後半から歯が抜けはじめた。四七歳から五一歳までの間の、「なけなしの歯」から「歯のない口」にいたる過程を詠んだ句だが、「かくれ家」とは故郷に帰っては来たものの相続争いが決着せず、身を隠す思いで正月を迎えたことを指す。「かるみ」と言えばその通りだが、とても素直に笑えない。だから普通の俳諧師は句材にしない。しかしこんな句を平気で詠む俳諧師だったのである。

2　学びの時代

「下〳〵の下国」に生まれる

一茶は宝暦一三年(一七六三)五月五日、信濃国水内郡西柏原村(現長野県上水内郡信濃町)の百姓弥五兵衛(やごべえ)の長男として生まれた。名を弥太郎(やたろう)と名づけられた。父三一歳、母くにの年齢は分からないが二〇代だったと言われている。柏原村は一四〇〇石(こく)弱の大きな村で、本村のほかに新田開発によって生まれた四つの新田村から成り立っていた。一茶はその本村で生まれた。

一茶は生まれ故郷の柏原村について、門弟たちに次のように紹介した。

雲の下の又其下の、下〳〵の下国の信濃もしなの、おくしなの丶片すみ、黒姫山の麓(ふもと)なるおのれ住(すめ)る里は、木の葉はら〳〵と、峰のあらしの音ばかりして淋しく、人目も草もかれはて丶、霜降月の始より、白いものがちら〳〵すれば、悪いものが降る、寒いものが降ると口〳〵にの丶しりて、

初雪やいま〳〵しいといふ(ゆ)べ哉　旅人

三四尺も積りぬれば、牛馬のゆき丶はばたりと止りて、雪車(そり)のはや緒の手ばやくとしもくれは鳥、あやしき菰(こも)にて家の四方をくるみ廻せば、忽(たちまち)常闇(とこやみ)の世界とはなれりけり。

昼も灯にて糸とり縄なひ、老たるは夜ほた火にかぢりつくからに、手足はけぶり黒み、髭は尖(とが)り、目は光りて、さながらあすら(阿修羅)の体相にひとしく、(以下略)

(「春甫・掬斗・素鏡・雲士あて書簡」文政三年一二月)

西柏原村は、「下々の下国」、つまり律令制で四等級(大・上・中・下)に分けられた国力の基準の、さらにその下の「下々国」に入る信濃国内でも、さらに奥信濃にあたる黒姫山の麓にあると一茶は言う。つまり信州では信越国境に近いもっとも北端の地域に位置している。

一一月の声を聞けば雪が降り積もり、次第に根雪となり、宿民は雪囲いのなかの常闇(とこやみ)の世界に閉じ込められる、凄い豪雪地帯であるというのだ。それゆえ昼でも灯火の下での糸紡ぎと縄なえしかできず、老いたる身は日夜囲炉裏(いろり)の周りで暖を取る毎日だから、目だけが光って煙で体中が黒ずみ、阿修羅のような姿になる。そして秋はそんな世界の到来を予告するように、山畑には蕎麦(そば)の花が咲き誇る。その光景を見るや

しなのぢやそばの白さもぞつとする

「七番日記」文化一四年

と即座に雪囲いのなかでの「常闇」の暮らしを思い出し、ぞっとするような恐怖を感じてしま

う。それほどの豪雪地帯である。

北国街道柏原宿

柏原村の本村は、北国街道の信越国境に近い一宿でもある。牟礼、柏原、そして野尻宿を過ぎれば、越後に入る。一茶が生まれた家は柏原宿の南の入口に近い百姓家が軒を並べる一画にあった。その頃の柏原村は、全村で戸数が二五七戸、人口は一二一七人の村だった。

一茶が故郷へ戻ってきた文化文政期には、本村の柏原宿は戸数が一四八戸、人口が七〇二人ほどで、村の半分の戸数と人口が宿場に集中する町場化の様相を呈していた。宿場の中央には大名や役人たちが宿泊する本陣や脇本陣のほかに旅籠屋（はたご）が一〇軒、酒屋（二軒）、米などの穀物を商う穀屋（こく）（二）、小間物屋（二）、茶屋（四）、農鍛冶屋（かじ）（一）などが、街道筋の両側に立ち並んでいて、それを過ぎると百姓家が並ぶ。そこで暮らす農民たちは農業のほかに宿場での駄賃稼ぎ（だちん）などで生計を立てていた。

本村（宿場）の田畑は幕末段階で約二〇三町歩あり、その三分の二は水田で稲作中心の村であった。残りの畑では蕎麦や粟（あわ）・稗（ひえ）などを作っていた。

また村民のほとんどは真宗門徒であった。一茶の家もそうであった。菩提寺は宿内の明専寺（みょうせんじ）である。この寺は元々三河国内にあったが、戦国時代末期に徳川家康に追われ、江戸初期にここ柏原に移ってきた。一茶は熱心な真宗の信者でもあった。また、一茶は親鸞とゆかりの深い天台・浄土両宗の管理下にあった善光寺にもしばしば訪れた。

柏原宿は信越国境に近い宿場だったので、越後と信州間の物流の中継地として早くから栄え、旅人の行き来も多く宿泊客で賑わった。また佐渡で産出された金銀の移送ルートであり、北陸の諸大名の参勤交代の道筋でもある。なかでも加賀藩が参勤で時折中山道を利用する際は、二〇〇〇名を超す大集団の休憩地として、時に宿泊地として大いに賑わった。さらに北国街道は江戸との飛脚のルートだったので、加賀藩の御用飛脚(江戸三度)や越後高田(現新潟県上越市)の飛脚など定飛脚の往復で重要な役割を担った。そのため柏原村は、近世中期以降幕末まで幕府領(天領)として中野代官所(現長野県中野市)の管轄下にあり、歴代の代官は宿本陣の中村家に立ち寄ったのである。

一茶の家は柏原宿内でも草分け的存在で、代々小林姓を名乗っていた。一茶が生まれた頃の家の持高は、田畑合わせて六石余で、柏原では中の上くらいの本百姓だった。父弥五兵衛は、農業のほかに街道での駄賃稼ぎの許可札を貰っていて、持ち馬を使って街道で稼いでいた。家族は両親のほかに祖母がいるだけだったから、農作業は祖母と母の二人にまかされていたと思われる。それは弥太郎という乳飲み子をかかえた母くににとってはかなりの負担になった。そのためか、くには弥太郎が三歳の時若死にしてしまった。

子どもは貴重な労働力

近世村落の農民家族は、夫婦と子ども、そして祖父母で構成されているのが普通である。それは信州の村落も同じである。こうした家族を「単婚小家族」と言い、その労力に見合った農業経営を「小農民経営」と言う。村人の大半がそうであった。そのため田畑をたくさん所持している家は、雇用で労働力を補うか、田畑の一部を貧しい村民に貸し付け(小作)て経営を維持した。その点では一茶の家族も同じである。

近世の農業には、一年のなかで超多忙な農繁期が二度ある。それは田起しから田植えにいたる時期と刈入れの収穫期である。どちらも短期間で農作業しなければ一年の収穫に多大な影響が出る。そのため村人同士でその労力を補い合う「結い」と呼ばれる協業の関係が組織される。当然、子どもも重要な労力として計算されていた。

その点を一茶が書いた文章から確認しておこう。

> 春さり来れば、はた(畑)農作の介と成て、昼は日終、菜つみ草かり、馬の口とりて、夜は夜すがら、窓の下の月の明りに沓打、わらじ作りて、文まなぶのいとま(暇)もなかりけり。
>
> (「父の終焉日記」)

と子どもの頃を振り返っているが、これは一茶の家だけの特殊事情ではない。村のどこの家の子どもも同じであった。時には、畑作の手伝いだけでなく、子どもにも田植えをさせることもあった。そして長男ともなればさまざまな仕事をまかされる。

明和九〔年〕五月十日、後の母男子仙六を生めり、此時信之（のぶゆき）〔一茶のこと〕は九歳になんなりけり。いたましひ哉、此日より信之、弟仙六の抱守り（だきもり）に、春の暮をそきも、はこ（糞）によだれ（涎）に衣を絞り、秋の暮はやきも、ばり（小便）に肌（はだへ）のかわくときなかりき。（同）

継母に弟（仙六）が生まれると、その子の面倒は全部まかされ、一日中子守するつらさを縷々（るる）書き記しているが、これは継母による一茶への嫌がらせでもいじめでもない。どんな家でも弟や妹が生まれれば、長男や長女は彼らの面倒を見るのが役目だった。子だくさんの家族なら次男・三男も同じ経験をするのが普通だった。だから背負った弟や妹にオシッコをされて、背中ににじわっと温かい感触を感じた経験など誰もが持っていた。子どもは労力であり、家族にとってそれほど重要な役割を期待されていたのである。

貧しい家なら子どもたちにはもっと苛酷(かこく)な労働が待っていた。一茶が故郷に戻ってから詠んだ句のなかにこんな句がある。

男なればぞ出代るやちい(ひ)さい子　「文政句帖」文政六年
五十里の江戸〔を〕出代る子ども哉　同　文政六年
あんな子や出代にやるおやもおや　同　文政六年

季語は出代(でがわり)である。春三月三日、江戸で年季奉公人が交代する日を出代と言う。その日は毎年江戸に奉公のために入ってくる者と帰郷する者が交錯する日で、新旧の大勢の奉公人でごった返す。それが季語に採用されるほどに春の風物詩となった。見ると、江戸にやってきた奉公人のなかにまだ幼い子どもが交じっている。多分一〇歳に届かないと見える小さな子までも遠く離れた江戸へ奉公へ出すのか、どんな親か顔が見たいという思いを詠んだ句である。一茶はなんともやるせない気持ちになったことだろう。

近世社会では奉公の賃金は前払いだったので労働放棄、つまり逃げ出すことはできなかった。だから子どもの表情は、新しい生活への不安と一年にもわたる労働を考えて暗く曇っていたことだろう。奉公先で少しでもきつい仕事を免(まぬか)れ、少しでも待遇の改善を期待するには、読み書きと算盤(そろばん)ができる能力を身に付けていなければならなかった。

出代や直(値)ぶみをさる、上(あが)りばな(端)

「文政句帖」文政六年

と商家の上がり端(ばな)で、賃金の値踏みをされている年季奉公人の光景を一茶は見た。算盤ができない奉公人には、商家は一日の仕事の後の夜に手習いの場を設けて読み書きとともに教えたほどだったから、雇い入れようとする年季奉公人が商品仕入れや出荷の際に、帳場で働けるかどうかを値踏みするのは当然のことで、商家の経営にもかかわることだったのだ。今度の奉公人はどう、と女将(おかみ)さんは気になってしかたがなかったのだろう。

親は江戸へ冬季稼ぎ

しかし、農繁期の子どもには学ぶ暇などなかった。そうするといつ学ぶのか。農繁期が無理なら農閑期ということになり、信州では雪深い冬季ということになる。一茶は故郷に戻ったばかりの文化一〇年(一八一三)の初冬に、こんな句を詠む。

いろはでも知りたくなりぬ冬籠

「七番日記」文化一〇年

一〇月に入ると小雪がちらつきだす日が増える。村内では冬籠り準備が本格化すると、子どもたちもようやく農作業から解放される。そうすると子どもたちは、即座にいろはを学ぶ季節が到来したことを感じる。その学習方法は

腹上で字を書習ふ夜寒哉　「七番日記」文化一一年
古盆の灰で手習ふ寒〔さ〕哉　同　文化一三年
雪の日や字を書習ふ盆〔の〕灰　同　文化一四年
盆の灰いろはを習ふ夜寒哉　同　文政元年

と詠んだように、個々の家庭で父母が囲炉裏のそばで読み書きを教えるものである。しかも裸の父の腹上で指で字を書き習う姿や、囲炉裏の灰を使い古した盆に満たして、そこに字を書き、消す、そしてまた書く。こんな親子の反復学習の光景がこれらの句から読みとれる。おそらく一茶自身が学んだ家族学習の方法を詠んだものだろう。

しかし、親が子どもたちに文字を教えられる家庭は少なかった。父母が読み書きできないからではない。冬になると多くの家庭では働き手が不在となる。そこには当然父母も含まれてい

る。村民の大半は冬季だけ江戸へ出稼ぎに行き、雪が解ける頃まで帰村しない。その点で一茶の家庭は恵まれていた。

一〇〇万の人口を抱える巨大消費都市の江戸の年末は毎年騒々しい。年貢米（ねんぐ）が続々と隅田川西岸にある蔵前（くらまえ）に搬入され町場へ運ばれてくる。灘・伊丹・池田などの上方（かみがた）の酒造業地帯からは美味な新酒が樽廻船（たるかいせん）で続々と運ばれてくる。その量は膨大である。とくに文化三年（一八〇六）に米価の下落現象を抑えるために幕府が出した酒の「勝手作り令」（酒造制限令の撤廃と自由売買の奨励）発令以後は、百万樽もの清酒が江戸市場に入津するようになった。「新走り（あらばし）」と呼ばれる新酒は千石船（せんごくぶね）が岸壁に接岸できないので、千石船から茶舟（ちゃぶね）と呼ばれる小舟に積み替えられて酒問屋が立ち並ぶ新川新堀まで運ばれてくる。この光景は、「繁昌いわん方なし」（『東都歳時記』）と言われるほど壮観だった。

しかし米も酒樽もすごく重い。そんな商品を千石船から茶舟に移し陸揚げする。そして最終的に小売りの米屋や酒屋まで運び込む。そんな力仕事は誰がするのか。膨大な数の人足が必要になるが定雇いしておくほど余裕はない。そこで臨時の人足が必要になる。このほか大江戸の新年の準備のために町人たちでさえ超多忙になる。どうしても江戸以外からその労働力を調達しなければならない。

だから、年貢米や新酒の入津が江戸っ子の話題に上る頃、江戸では田舎者の信州人が急に目立ちだす。江戸っ子はそうした信州人を見かけると、おっ椋鳥が来たか、冬将軍の到来だね、と囁き(ささや)だす。そしてこんな川柳を詠んで川柳雑誌などに投稿する者が出る。

食イぬいてこよふと信濃国を立チ　『誹風柳多留』五篇、明和七年

一ケ国一ト冬江戸でくつて居る　同　二二篇、天明八年

大喰の国に飯山飯田なり　同　七二篇、文政三年

雪ふれば椋鳥江戸へ食ひに出る　同　七六篇、文政六年

このように川柳でしばしば皮肉られたように、信州一ケ国全部の農民が冬季稼ぎに出かけてくると思われるほど、江戸は信州人であふれていた。江戸っ子が信州人を大食いの椋鳥にたとえたほど大食漢であるという印象を持ったのは、彼らの多くが力仕事に従事していたからで、腹一杯食べなければ務まらない仕事だったからであった。

こうした信州人の冬季稼ぎの集団移動は、江戸への道々でも評判になっていた。

江戸道中
椋(むく)鳥と人に呼(よば)る、寒〔さ〕哉　「八番日記」文政二年

一茶自身も背後から今冬も椋鳥が大勢江戸に向かっているよと囁かれた経験を持つ。だからこそ道中の冬の寒さが身にも、そして心にも堪(こた)え、こんな句を詠んだのだろう。

もっともそんな椋鳥でも、江戸稼ぎを繰り返すと

椋鳥も毎年来ると江戸雀

『誹風柳多留』七三篇、文政四年

といつしか江戸風に馴染み、江戸通になっていったのである。

せめてイロハだけでも

こうして雪深い冬季の間、多くの親が村を離れてしまっては、子どもたちは一茶のように父から読み書きを学ぶことができない。そこで村人の要望に応じて村内の寺や篤志家が冬季の間だけ寺子屋と呼ばれる手習い施設を開設することになる。子どもたちはそこに通い読み書きを習う。小雪が舞いだす頃になると

初雪やいろはにほへと習(ならふ)声

「七番日記」文政元年

と、閑散とした村に子どもたちの唱和する声が聞こえだす。しかし雪国にだってさまざまな面白い遊びがある。「雪遊び」である。ついその遊びに夢中になって苦手な手習いが後回しになり、学習が疎かになる。何も覚えず冬は過ぎていき、また繁忙な春が来てしまう。村に残った母親は、今年こそいろはだけでもよいから読み書きをマスターしてよとあせる。一茶はこんな母親の気持ちをいち早く代弁して

なまけるないろはにほへと散桜

「七番日記」文政元年

と桜が散り田植えの本格的な準備に入り、学びの施設が閉鎖される前に怠けないでいろはだけでもマスターしてほしいと願う心境を詠むのである。だから

雪とけて村一ぱいの子ども哉

「七番日記」文化一一年

という有名な句は、子どもたちの春が来たという喜びだけを詠った句ではない。一月に詠んだ真冬の句だが、雪解けの季節を見据えて、苦痛だった手習いから解放された子どもたちの喜び

合う姿を詠んだ句だと読むことも可能だろう。

一茶が、「イロハ」と詠んだことには、特別な意味が込められている。平仮名や片仮名を覚えさえすれば、漢字などの読み書きができなくとも、この世はなんとか生きていけるから、せめてイロハだけでもマスターしてほしいという気持ちなのである。

それは、文化文政期に多くの庶民に親しまれた十返舎一九の『東海道中膝栗毛』や式亭三馬の『浮世風呂』『浮世床』、そして為永春水の『春色梅児誉美』など、滑稽本や人情本、さらに難解そうな漢字が多い曲亭(滝沢)馬琴の『南総里見八犬伝』の頁を一度めくってみれば、納得できるだろう。漢字にはそのほとんどに振り仮名が振られているのだ。ましてや女性に人気の柳亭種彦『偐紫田舎源氏』は、絵と文章からなる合巻(絵草紙)だから、誌面の中央に絵が描かれ、その周りにびっしりと書かれている説明文は平仮名ばかりである。

つまり庶民が読む文芸書の漢字には、みんな振り仮名が振ってある。しかもその振り仮名は平仮名である。それは江戸初期から仮名草子などの慣習で、本屋が読者を増やそうと考えた一つの知恵である。しかしこのことは仮名さえ読めれば、庶民向けの本なら誰でも読めることを意味する。そして何冊か読んでいるうちに、たびたび出てくる漢字は読めるようになり、いつしか書けるようになっていく。書物に親しむ気持ちがあれば、誰でも社会に出て恥ずかしくない程度の読み書きができるようになる仕組みであった。だから「イロハ」だけでも覚えてよ、ということになる。それにしても版木に振り仮名を彫る彫師の高度な技がなければ、こんな振り仮名文化は生まれなかった。戦前の新聞や大衆雑誌の漢字には、みな振り仮名が振ってあった。それは、江戸以来のこの伝統が生き続けていたからである。

少年期一茶の文化状況

三歳の弥太郎にとって母の面影は、おぼろげなものでしかなかった。母の死後は祖母によって育てられ、弥太郎八歳の時に継母さつが入籍する。しかし弥太郎は、テキパキとした性格のこの継母になじめなかった。当然、継母とのいざこざが絶えず、そのつど祖母が間に入り弥太郎をかばってくれたが、そこに弟仙六が生まれると、ますます不和は大きくなった。

そして弥太郎一四歳の年に祖母が亡くなった。彼をかばってくれる後ろ盾はもういない。そのショックか、弥太郎は重い病に罹る。そこで父は弥太郎をこの家にはおけないと判断し、病が癒えた弥太郎を、安永六年(一七七七)、一五歳の春、江戸奉公へ出すことにする。その時の父の心境を、後に父から聞いて次のように書き留める。

一所(緒)にありなば、いつ迄もかくありなん、一度古郷はなしたらば、はた、したはしき事もやあるべきと、十四歳と云春、はろ〴〵の江戸へはおもぶ(赴)かせたりき。

（「父の終焉日記」）

と、一度継母と切り離してみれば、お互いがなつかしく思い仲睦まじくなるかもしれないと考えて江戸に奉公に出してみたという。貧しさ故の江戸奉公ではなかったが、だからと言って奉公の苦しみに変わりはなかった。一茶が帰郷後の五〇代に詠んだ句に

継ッ子が手習〔を〕する木〔の〕葉哉　「七番日記」文化一三年
竹ぎれで手習ひ〔を〕するま丶子哉　同　同
ま丶つ子や灰にいろはの寒ならい〔ひ〕　「文政句帖」文政五年一一月

という句がある。

いずれも初冬に詠まれたものだが、寺子屋が開設される時期をつい思い出しての句であろう。道端に落ちている木切れや竹切れを使って、習ったばかりの文字を学習し、屋内では囲炉裏の灰を盆に乗せて平らにならし、その上に指か細い木切れで文字を書く練習を繰り返す。この時は父が教えてくれた。一茶は江戸奉公に出ても読み書きができずに差別されるということはなかった。つまり俳諧に親しむ基礎的能力をもって江戸へ出たことになる。

柏原宿の俳諧

街道筋はさまざまな文人墨客が往来する。とくに俳諧師らが芭蕉にならって奥の細道を逍遥しようとすれば、北陸地方への往来には北国街道を利用する。また北国街道を北上し、分岐点直江津を西に道をとれば、日本海最大の文化都市金沢城下にいたる。北陸より善光寺詣での参詣者も決まって北国街道を利用する。いつも多くの旅人が往来し、宿場で小休し宿泊もする。そして毎年ではないが加賀百万石をはじめ北国諸大名の参勤交代の行列が通る。この膨大な数の人の移動を支えるのが宿場であり、その点で信越の国境に近い宿場柏原も例外ではない。

そうした旅人によって、柏原宿にも江戸で流行の文化がいち早くもたらされる。俳諧もその一つであり、宿場にはきまって俳諧に親しむ人々が存在するようになっていた。とくに本陣の主人などは、宿内に幕府や諸藩の重役が宿泊すれば挨拶に伺い、時には句会を催すことが社交辞令となっていた。柏原宿本陣の中村家の当主は代々俳諧を嗜み、一茶が幼い頃の当主六左衛門は、新甫という俳号を持つほどの俳諧師で、たびたび句会を催し旅人をもてなすことも多かった。新甫はまた家塾を開いて宿内の子どもたちに読み書きを教えていて、一茶もそこへ通ったという。当然、新甫はそこで一茶ら子どもたちに俳諧のいろはも伝授したことだろう。

さらに諸国を流浪する俳諧師長月庵若翁（一七三四～一七一三）も、一茶の家の菩提寺明専寺に長逗留した時、村人たちに俳諧を教え、一茶もその手ほどきを受けたと言われている。若翁は、肥前大村藩の脱藩浪士で、そのため諸国を遍歴し、最後は柏原に戻り客死した俳諧師であった。一茶は後述する西国旅行中にふと若翁の句を思い出し日記の余白に書き留めたほどなので、かなりの影響を受けた可能性が高いと考えられる。

中村家には一茶と同世代の男子が二人いた。当然一茶の遊び仲間であり、本陣の奥座敷で催される句会の様子を垣間見て育ったと思われる。後にこの中村家の男子二人も俳諧師(兄桂国・弟観国)になるほどだったから、一茶はこの頃からすでに五七五の文字を口ずさみ、江戸が俳諧のメッカであることは知っていたことだろう。一茶は、そんな文化的雰囲気のなかで育った。

3　江戸の場末の裏長屋

俳諧師一茶

江戸での弥太郎の消息はよく分からない。牟礼宿まで送ってくれた父が、「としはも行ぬ痩骨に荒奉公させ、つれなき親とも思つらめ」(「父の終焉日記」)と心配したことが現実になった。一五歳の弥太郎は、奉公先できつい労働を強いられる。耐えられず奉公先を出て、江戸での暮らしを選んだらしい。次のように回顧する。

> 住馴し伏家を掃き出されしは、十四の年にこそありしが、巣なし鳥のかなしみはたゞちに塒に迷ひ、そこの軒下に露をしのぎ、かしこの家陰に霜をふせぎ
>
> (「文政句帖」文政六年)

この文章の通りなら、住む当てもなく江戸に出て、日雇いなどで餓えを凌ぎ、そこそこの暮らしをはじめたらしい。しかしこの時期については、後にほとんど回顧することがなかった。思い出したくないほどの苦い経験の連続だったからであろう。ただそれもみな、「鬼ばゝ山の山おろしに吹折れ〱て、晴れ〲しき世界に芽を出す日は一日もなく」(『おらが春』)と、すべて継母の仕業だとして、生涯この継母さつを「鬼ばゝ」と恨み続けたのである。

こんな暮らしのなかでなんとか生き延びられたのは、「ふと諧々たる夷ぶりの俳諧を囀りおぼゆ」（「文政句帖」文政六年正月）と江戸暮らしの慰めにはじめた俳諧のおかげだったという。奉公先の一つだった下総国馬橋（現千葉県流山市内）の油商人大川立砂の家で俳諧のいろはを教えられたことが役に立った。立砂は、当時江戸の本所深川から房総にかけて広く勢力を伸ばしていた葛飾派の俳諧師で、弥太郎もその縁で葛飾派の誰かの家に身を寄せ俳諧に親しみだしたというのが通説である。

その後、弥太郎の行跡がはっきりしだすのは、天明七年（一七八七）、二五歳以降である。その頃弥太郎は、俳諧師として生きていく決意をし、葛飾派の宗匠二六庵竹阿（一七一〇〜九〇）の家に同居しながら、葛飾周辺を中心に活動を始めたと言われる。そして俳号を菊明と名乗り、竹阿の死後は溝口素丸に師事して頭角をあらわし、まもなく句会を司会し一座の興を高める執筆に抜擢される。執筆とは、句会の席で宗匠の指図のもと、句を懐紙に記載する役で、進行係の役目も果たすほど重要な役どころである。一茶はその執筆に必要な教養を身につけなければならず、漢学や日本の古典文学の学習を本格的に開始するのである。

弥太郎が一茶という俳号を名乗るのは二九歳の頃である。そして一茶が俳諧師として一目置かれるようになるのは、寛政四年（一七九二）、三〇歳の時、九六年を費やした四国・西国への行脚によってであった。その時一茶は肥前長崎まで足をのばし、四国と中国の瀬戸内沿岸の町々を漂泊し、この間、大坂をはじめとする当時の上方俳壇の重鎮らと交わり、俳諧師として認められる存在となっていったのである。

ただ江戸に帰れば、一茶は依然として信州生まれの田舎俳諧師に過ぎなかった。深川に近い竪(たて)川付近の借家住まいで、そこを拠点に下総地方の俳諧師たちを回る暮らしが続いた。

裏店での暮らし

一茶は、隅田川と中川を結ぶ運河である竪川に近い本所相生町(ほんじょあいおい)あたりの裏長屋に住んでいた。今の墨田区相生町付近である。貧しい暮らしぶりはまったく変わらなかった。

秋の風乞食(こじき)は我を見くらぶる　「文化句帖」文化元年

と、四〇代はじめに詠んだように、いつまで乞食にまで馬鹿にされるのかと自虐的になる。周りはすべて裏長屋である。裏長屋のことを裏店(うらだな)と言い、そこの住人は身分的には店借(たながり)と呼ばれ、所有者である大家が保証人となるので店子(たなこ)となる。当時、本所や深川一帯は隅田川の「川向う」と呼ばれ、江戸の下町にも入らず場末町と言われた。だから

元日も爰(ここ)らは江戸の田舎哉　「文化句帖」文化四年

と、正月だと言っても市中のように華やかさはない。それでも一茶は、「廿七年家なくして、野に寝ざるも君が世なるべし」(「文化句帖」文化元年九月二三日)と、こんな身でもこれまで野宿しないで来られたのも徳川様のお陰だと感謝する。そしてここは

木がらしに三尺店(さんじゃくだな)も我夜也　「文化句帖」文化元年

と、間口三尺の小さな借家だが、それでも寒さを凌げる我が世界が持てたと安堵する。しかし田舎出の一茶には、

秋の夜の独身長屋(ながや)むつまじき　「享和句帖」享和三年
秋の夜や隣を始〔め〕しらぬ人　「文化句帖」文化元年

となんとも淋しい空間で、そこでの暮らしは

痩臑(やせずね)を抱合(だきあは)せけり桐一葉　「享和句帖」享和三年
よりかゝる度(たび)に冷(ひや)つく柱哉　同　享和三年
南天よ巨燵やぐらよ淋しさよ　同　享和三年
貧交
すりこ木(ぎ)もけしきに並ぶ夜寒哉　「文化句帖」文化元年
梅がゝやどなたが来ても欠(かけ)茶碗　同　文化元年
前の人も春を待しか古畳(だたみ)　同　文化元年
借(かり)直し〳〵ても蚤莚(むしろ)　「七番日記」文化一三年

とつつましいものだった。そして前の店子も古畳の上で新春を迎えたかったのだろうなと想像する。畳は店子の家財道具の一つで退去時には持ち出す。一茶の前の店子はなにか事情があって残していってくれた。一茶には畳を所有するほどの経済力はない。多くの店子と同様、茣蓙(ござ)か筵(むしろ)を敷いて暮らすはずだったのに、古畳とは言え、畳の上で新春を迎えられるなんて幸運だね、という気持ちが込められている。もっともその後に移ったと思われる裏店では、畳をたびたび借り直したのか、そのつど蚤(のみ)に悩まされていることが分かる。

こうした店子の目線で周りを見れば、一茶の目に入ってくるのは、裏長屋の光景であり、裏

店に住む店子たちの暮らしぶりである。彼らの多くは

> まづ裏店借り、端々町家住居の族は、青物売り・肴売り、すべて棒振りと唱ふるもの、日雇取り、駕籠舁・軽子・牛牽き・夜商ひ・紙屑買ひ・諸職手間取り等、すべて我が精力を練り、骨折り業にて世渡る者ども、右体強欲非道の工夫も知らず、律儀真法にて足手限りの稼ぎをなし、定めの外には余計を欲すること能はず、
>
> （『世事見聞録』諸町人中辺以下の事）

と文化文政期に書かれた警世の書『世事見聞録』に述べられているように、重労働のわりには稼ぎが少なく、雨が降れば商売上がったりになってしまう、そんな「その日暮らしの者」ばかりである。幕末・維新期の調査では、本所深川の住民の七五％から八二％が店借人で占められていたから、裏長屋が軒を連ねていたと言ってよい。

　そんな世界でもっとも涙を誘い、自分もいずれそうなるかも知れないと身につまされる光景を詠んだのが次の句である。

雪ちるやきのふは見へ(え)ぬ明家札（借家札）　「七番日記」文化一〇年

音もなく雪の降る朝、ふと戸を明けてみると、「空室あります」という木札がぶら下がっている。隣人になんの挨拶もなく夜逃げ同然に引っ越していったあの家族の姿が目に浮かんだのだろう。

裏長屋の世界

ここで、一茶が詠んだ裏町の光景や裏店の住人たちの暮らしぶりを紹介しておこう。ただしこれらの句は一茶が故郷に帰り、江戸の暮らしを思い出して詠んだ句が多いことを予めお断りしておく。いつまでも忘れられない辛い体験だったことを物語っている。

裏長屋の造りは粗末だった。こんな句がある。

店賃(たなちん)の二百を叱る夜寒哉

「七番日記」文化一三年

と一茶が借りていた長屋の部屋代は二〇〇文(もん)であることが分かる。当時六畳間の部屋代が、根津門前(現東京都文京区根津)の貸店で一ケ月銀五匁(もんめ)、銭にして四〇〇文から五〇〇文くらいだったから、その半値でありかなり安い。安いということは、建てつけも悪く隙間風が吹き込むような部屋であったのだろう。なんと情けないと自分を叱るが、それは、頻発する火事のためで、「家居ハ至而粗末にて、上方に似るべくもなし。壁土ハ汚濆泥ニて粘なく、風雨の堪えがたき故、壁の上を板張りにし、瓦をふくも僅に端の方ならで土を不用、蹴れハ悉く落るなり」(「江戸自慢」)と言われるように安普請だったのだから致し方なかった。

そうした店賃二〇〇文程度の裏店暮らしで、一番辛いのは夏の暑さと冬の寒さである。一茶の句にはその苦痛を詠んだ句が多い。

裏店に住居して
涼風の曲りくねつて来たりけり　「七番日記」文化一二年
うら住やそりの合たる一人蚊屋(帳)　「八番日記」文政三年
暑〔き〕日や見るもいんき(陰気)な裏長屋　「八番日記」文政四年
うら店は蚤もいんきか外へとぶ　「文政句帖」文政七年

林立する裏長屋の一室には、まともに涼しい風は入ってこない。生暖かくなっていてべたつくような風に変わっている。戸や障子を開けたまま休めば蚊が入ってくる。そんな俺の小部屋には一人用の蚊帳がぴったりだ。しかし江戸は四月末にもなれば、梅雨入りだ。じめじめとした日が続くと布団も湿っぽくなり蚤まで外へ飛び出すような状態となる。だから蒸し暑い日の裏長屋はなんとも暗く、晴れ晴れしないんだよと嘆く。

寒い日に少しでも心身が休まるのは暖かさである。裏店には囲炉裏はない。あるのは火鉢である。部屋に帰るとまず火鉢の灰の中に埋もれている火種を熾(おこ)す。

ちとの間は我宿めかすおこり炭　「文化句帖」文化二年

福の神やどらせ給へおこり炭　「七番日記」文化一〇年

夜〳〵は炭火福者のひとり哉　「文化句帖」文化三年

するとあっと言う間に侘(わび)しい部屋が何かを飾った部屋であるかのような気分になる。また福の神も一緒に住めるように部屋を暖かくしてよ炭火さん、と願うほど部屋の暖は豊かな気分を味わわせてくれる。そしてそんな夜はなんとも幸せな気分になると詠う。

しかしこの暖かさも一茶の経済力では

火種(ひだね)なき家を守るや梅〔の〕花　「享和句帖」享和三年

炭の火も貧乏ござれといふべ哉　同　同

一茶坊に過たるものや炭一俵　「七番日記」文化一〇年

と思うようにいかない。一俵の炭を買うことさえ過分に思えるほど一茶は貧しい。炭俵のなかの炭の量がいつも気にかかる。

忽に淋しくなりぬ炭俵　「享和句帖」享和三年
炭もはや俵の底ぞ三ケの月　同　同
宵〳〵に見べり(減)もするか炭俵　「文化句帖」文化二年
炭もはや俵たく夜と成にけり　「文政句帖」文政五年

気にはかかるが、しかしたちまち減っていく。ついには炭俵まで燃やして暖を取るほどであった。そして俵買いができなくなり、

はかり炭一升買の安気哉　「文政句帖」文政五年
まけられて箱に入ぬや一升炭　同　文政八年

と、下層民相手の棒手振り(行商)の炭売りから量り炭をわずかに買って、これもけっこうのんき気なもんだねと痩せ我慢するが、それももっと安くしなよと精一杯値切っての結果である。

もっともこんな貧しさは一茶だけでないのが裏店で

おもしろや隣もおなじはかり炭　「七番日記」文化七年
はかり炭先子宝が笑ふ也　同　同

と隣の住人もそうだし、買ったばかりのわずかな炭を見て最初に歓声を上げるのは子どもたちだと観察する。こうして炭を赤々と熾して暖を取りたいという思いが募ると

炭の火のふく〳〵しさよ藪隣　「享和句帖」享和三年
福〳〵といせ屋がおくの炭火哉　「七番日記」文化九年

と竹藪を挟んだ隣家や商家伊勢屋の奥に見える暖かく福々しい炭火が目に入り、うらやましくなってつい句に詠んでしまう。

一茶は裏店暮らしに慣れた頃、ようやく同じ裏長屋に住む住人たちへも目を向けるようにな

ってくる。そして住人たちの多くは、荻生徂徠(おぎゅうそらい)が指摘している通り

農民出替リノ奉公ニ来リテ、直ニ留リテ日雇ヲトリ、ボテイヲフリ(棒手を振り)直ニ御城下ノ民トナルモノ、日ヲ追ヒ年ヲ追テ夥シク (『太平策』)

と農村から年季奉公で江戸に来ても帰村せず、江戸で日雇いや行商などで食いつなぎ、いつしか江戸町民になってしまった点で、一茶も同類であり、次第に言葉も交わし親しくなっていった。

江戸住や赤の他人の衣配 「文政句帖」文政七年
鰹一本に長家(ながや)のさは(わ)ぎ哉 同 文政八年
ふぐ会を順につとむる長屋哉 同 同

と裏長屋の住人たちの世界に入っていくと、彼らの日常の暮らしぶりも見えてくる。間違いなく仕事のほとんどは物売りであり、

朝寒し〳〵と菜(な)うり箕(み)うり哉　「文化句帖」文化二年
十月やほの〴〵かすむ御綿売(うり)　「七番日記」文化七年
雪ちる〔や〕七十顔の夜そば売(うり)　同　同
ぼて振(ふり)や歩行ながらのゑ(え)びす講　「八番日記」文政四年

町々を歩いて目に入るのは、同じような裏長屋に住んでいるだろう雑業層の姿態である。いずれもせわしく仕事をしている。

裏長屋の住人たちのもう一つの仕事は、大道芸人と呼ばれる雑芸人たちである。人口一〇〇万都市江戸は、雑芸人たちにとって格好の稼ぎ場所である。そうした芸人たちのなかでも寄席のような常設の劇場で演じられるのは落語や講談くらいであり、それもこの頃さかんになったものである。

世路山川より嶮し
木がらしや地びたに暮る、辻諷(うた)ひ　「文化句帖」文化元年
木がらしや桟(かけはし)を這ふ琵琶法師　「八番日記」文政四年

寒風吹きすさぶ江戸の街角で、終日地べたに座りこみながら、風の音に負けまいと声を振り絞って歌い続けて銭を乞う男の姿、あの口調はどこぞの家臣だったに違いない。というのも辻謳(うたい)(辻謡曲)は、一般の町人たちが学ぶのは稀で、「多くは武家の身柄ある人の嗜好の芸なり」(『江戸府内絵本風俗往来』)と言われる大道芸なので、どこぞの藩の禄を離れ、「思ひの外なる不運に沈み」(同)食うに困って江戸に流れついたと考えられるからだ。一茶もおそらく裏長屋の住人に違いないと考え、こんな句を詠んだのだろう。

そんな姿を見て一茶は、そういえば、先日読んだばかりの『荘子』の一節に、「孔子曰く、およそ人心山川より険し、天を知るより難し」(雑篇列禦寇第三二)と書いてあったことを思い出し、その通りだと思う。

そして三味線で親を養っている女性や、桟橋を這うように渡る琵琶法師の帰る家もまた、みな粗末な裏長屋であろうと思いを馳せるのである。一茶のこうした句は、生活がもっともきびしい季節である秋と冬に詠まれることが多い。そうした光景を見ると、自分のようなしがない俳諧師も似たようなものだと身につまされてしまったのだろう。

身につまされる信州人の江戸奉公

一茶は五〇代後半に入ると、次のような句を詠むようになった。

扨(さて)も〳〵六十顔の出代りよ　「七番日記」文化一二年
出代の市(いち)にさらすや五十顔　「八番日記」文政二年
としより〔も〕あれ出代るぞことし又　「文政句帖」文政五年
鳩鳴(はとなく)や爺(ぢぢい)いつ迄出代ると　同　同
出代てなりし白髪やことし又　同　同
江戸口やまめで出代る小諸節(こもろぶし)　同　同
出代や江戸をも見ずにさらば笠　同　同
出代のまめなばかりを手がら哉　同　同
出代や帯ば〔つ〕かりを江戸むすび　同　同
大連(づれ)や唄で出代る本通り　同　文政七年
出代や六十顔(づら)をさげながら　「一茶自筆句集」文政八年

この句はすでに紹介したように江戸の三月の風物詩、年季奉公人の交替の出代の日の様子を詠んだものである。一茶は年季奉公人の交替の日に、入れ替わる集団が交錯する中山道板橋宿まで出かけて行った。帰郷してもその季節が近づくとその光景を思い出し句に詠んだ。とくに文政五年(一八二二)の閏一月には、思い出さざるを得ない何かがあったのだろうか、集中的に出代の光景を詠んでいる。

考えられることは、この年一茶は六〇歳の還暦を迎えたので、自分もかつては年季奉公人として江戸に向かったことをダブらせて思い出し、あの時、自分と同年齢の「六十顔」で白髪の老人たちに、「いつまで出代と」と同情を寄せたことが頭のなかに蘇ったのではないだろうか。この時期はちょうど信州人たちが江戸奉公へ出かける時季である。柏原宿からも毎年一〇人前後の村人が他所稼ぎに出ているので、そうした光景を眺めて思い出したのであろう。

ただし出代るのは信州人だけではない。

越後衆や唄で出代(でがは)る中仙道

「文政句帖」文政七年

と、越後からもたくさんの年季奉公人がやってくる。江戸の銭湯の主人には越後出身が多いという。だから銭湯で風呂を沸かしたり、客の背中を流したりする三助までも越後人から雇うそうじゃないかという噂も聞こえてくる。しかし「大連れ」=大集団のなかに幼い子や老人が交じっている姿を見ると、そうまでしなければ生きていけないのかと、一茶は故郷の農民たちの苦悩に同情する。とうとう江戸見物も出来ず帰郷する奉公人や、こき使われた疲労がまだ残ってらあという顔をした奉公人もいる。でも病気もせずになんとか帰ることができただけで御の字だ。や、あの娘、ちゃっかり江戸で流行の帯なんか結んじゃって、などと、一茶の思いは次々とふくらむ。

しかし年季奉公に何度も来ると江戸の喧騒(けんそう)にも馴れて、ゆっくり菊の花の見物もできるようになる。そしていつしか江戸ずれして堂々と生きていく奴もでる。

江戸〔ッ〕子におくれとらすな時鳥　「七番日記」文化九年

江戸ずれた大音声(おんじやう)や時鳥　「七番日記」文化一三年

そしてついに、

椋鳥も毎年来ると江戸雀　『誹風柳多留』七三篇、文政四年

と川柳で皮肉られるほどにたくましくなる。しかし、そのうち俺と同じくいずれ江戸住まいになり、場末町の裏長屋で暮らすのか、と思うと切なくなる。

俺だって江戸へ奉公にやられた。だから他人事ではないんだよ。どうしても同情が入り混じ

ってしまう。一茶は毎年三月がやってくると落ち着かなかった。だからこそついつい板橋宿まで出てきてしまうのだろう。

4　四国・九州・中国・上方へ

西国へ向かう

一茶は、「我は諸国わたらひを業として、東は松島、きさがた（象潟）の月に吟（うた）ひ、西はよしの（吉野）、小を（を）はつせ（初瀬）の花にうそぶき」（「父の終焉日記」）と書き残し、さらに『おらが春』でも、「白川の関をはる〳〵越る身なれば」と記してはいるが、記録好きな一茶の日記類などのどこを見ても、白川の関はおろか、芭蕉の足跡を訪ねる奥の細道へ足を運んだ形跡はほとんどない。

ただ通説では、寛政元年（一七八九）、出羽の象潟（きさかた）に遊んだという記録が現地の蚶満寺（かんまんじ）（現秋田県にかほ市）が所蔵する「旅客集」に存在するので、奥州旅行の途中に立ち寄ったことにはなっている。また「寛政三年紀行」の冒頭に「西〔にう〕ろたへ、東に〔冲（さすら）ひ、一所不〕住の狂人有」（「父の終焉日記」の同文の記事で補う）と記していることから陸奥（みちのく）へ行ったとも考えられている。

しかし一茶の性格からして、それならもっと具体的な記録がなされているのが自然であろう。

　東に下らんとして、中途迄出たるに
　椋（むく）鳥と人に呼（よば）る丶寒（さむさ）かな　「おらが春」文政二年

と、こんな前書つきの句も五〇代に詠んでいるから常々訪れてみたいと思っていたことは間違いないが、東国をめざして中山道まで出てみたものの、椋鳥(信州人)が来たと背後で呼ばれ、冬将軍の到来を感じ、そこで足を止めてしまったとも読める。

では一茶は、なぜそうまでして奥の細道に足を運んだことにしなければならなかったのだろうか。当時、蕉風探求の修業として盛んに行われていた陸奥への俳諧行脚は、宗匠として認められるための必須条件であるかのように思われていた。それゆえ、文化文政期の大家と見られる俳諧師のほとんどは、陸奥への旅に出かけたと言われる。

それは陸奥に残る芭蕉の足跡をたどる旅を通して、蕉風の真髄に触れ、人間と自然との関係のきびしさを体験し、句想を豊かにするためだと言われている。一茶はそうした俳諧師間の雰囲気もあってか、「旅を栖となすれば」(『寛政三年紀行』)と俳諧紀行文のモデルである「奥の細道」の旅を理想としている。とすれば、自然と自分も足を運んだと書かざるを得なかったのではないだろうか。

しかし現実は違う。東北各地に網の目のように張り巡らされていた俳諧ネットワークの拠点である地方宗匠との繋がりを持つことが、俳諧師にとって未知の世界に新勢力を拡大する重要な手段だったので直接出向いて行って開拓する。一茶は陸奥行脚がそんな社交的な旅であることを知っていた。それに嫌気がさして西国に漂泊の道を選んだと思うのが自然であろう。

その点で一茶に大きな影響を与えたのが、一茶の師である葛飾派の二六庵竹阿である。旅を好んだ竹阿は、西国行脚に始まり、奥羽、北陸、さらに再び西国に旅し、近畿、四国、九州にまで足を運んだ。そして天明七年(一七八七)まで大坂近郊の村に腰を落ち着け、その後江戸に戻る。この間、高潔で隠士的な俳風が西国の俳諧師らから慕われ、その名声を聞いた一茶は竹阿の帰府と同時に彼の下へ入門した。当然師である竹阿から長期にわたる西国や上方での遍歴の様子を聞いたことであろう。そしてその竹阿が将来を嘱望した一茶に西国の旅を勧めた可能性も高い。つまり師弟双方の思惑が一致しての決断だったと考えられる。一茶は竹阿の死の翌年、東海道を上り西国への旅に出る。寛政四年(一七九二)三月二五日のことである。おそらく芭蕉が奥の細道の旅に出た三月二七日にあやかっての旅立ちであろう。

漂泊の旅

旅立つ一茶の風貌は、「齢は三十に足らざれど、歯は前□□□は蛤刃な□□□□髪はしらみて□□□□□に似たり、色は死灰のごとく」(「寛政三年紀行」)と文字の判読が不能の部分があるとしても、おおよその想像がつく。まだ三〇歳前なのに、前歯は切れ味の悪い刃物のようであり、髪の毛は白髪交じりで、その色は死者の灰のように光沢がないと自らを言う。そんな男が「此度千里」(同)の道を旅するのだと、西国に旅立つ前年、長旅の挨拶のため故郷柏原へ帰った際に紀行文に記している。江戸市中では乞食にすら誹られるような風貌だったというのだから、誇張ではないだろう。

一茶はそんな姿で東海道を上った。そしてその間にこんな句を詠んでいる。

寄不二恋

打解る稀の一夜や不二の雪　「寛政句帖」寛政四年

風はや、三保に吹入る蟬の声　同　同

月影や赤坂かけて夕すゞみ　同　同

笠寺に予はかさ(笠)とりてすゞみ哉　同　同

能い女郎衆岡崎女良(郎)衆夕涼み　同　同

牛車の跡ゆく関の清水哉　同　同

塔ばかり見へ(え)て東寺は夏木立　同　同

皇都

みやこ哉東西南北辻が花　同　同

いずれを読んでも一茶調と呼ばれる滑稽味も風情もなく、ただ古典的和歌集や芭蕉の本歌取りに腐心している感が強いが、通過する東海道の町々の印象を句に詠みこんでおこうという気持ちは伝わってくる。

当時の尾張名古屋には、蕉風復興に尽くした加藤暁台(一七三二～九二)や蕪村から「尾張名古やはシロ(士朗)でもつ」(『愛知県史』資料編近世六、学芸編)と謳われた井上士朗(一七四二～一八一二)など、勉強家の一茶ならその名を知らぬはずもない俳諧師がいたが、彼らとの交流もなく上方へ急いだようである。

ついでながら西国からの帰りのコースは、故郷に立ち寄るために中山道から善光寺街道を使ったので、一茶はその後一度も名古屋へ足を踏み入れることはなかった。しかし蕪村亡き後の俳壇の中心は京都から名古屋へ移っていたので、一茶もこの地に関心を持っていたことは間違いない。一茶は享和元年(一八〇一)三月、士朗が三河の鶴田卓池(一七六八～一八四六)と松兄(一七六七～一八〇七)を伴って出府した時、鈴木道彦と共に三人と三六句からなる連歌を共につくって以来、知己の間柄となり、以後文通を通して士朗門下の著名な俳諧師たちとの交遊を深めていった。ちなみにこの三六句仕立ての連歌をつくることを「歌仙を巻く」という。

この年一茶は、京坂地方で夏を過ごし、初秋に入り淡路島に渡りお盆を迎え、秋が深まるころ四国に向かい、讃岐観音寺町(現香川県観音寺市)の専念寺の五梅和尚を訪ねた。そして年末には九州へと足を運んだ。この頃一茶は、「東武二六庵一茶」を名乗った。四国俳壇に影響力を持っていた師二六庵竹阿の門人であることを強調することで信用を得ようと考えたのである。

ところでこの時期四国で詠んだ句に

君が世や蛇に住替る蓮の花　「寛政句帖」寛政四年

君が世や風治りて山ねむる　同　同

君が世や乞食へあまる年忘　同　同

という句がある。おそらく一茶が「君が世」という言葉を盛り込んだ最初の句であろう。そのまま読めば何の変哲もない句だが、寛政前期の政治状況をベースに深読みすれば、「君が世」は徳川の世を言い、「蛇」＝田沼意次政権、「蓮の花」＝松平定信政権と読むこともできる。

天明六年(一七八六)、東北地方を中心に起こった天明の飢饉に端を発した政治的混乱により、老中田沼意次は失脚する。そして政権は反田沼派の一人である松平定信の手に渡り、寛政の改革が断行されたわけであるが、一茶はこの改革によって世の中は、「風治り」「山ねむる」＝安定期に入って良かったと考えていたという解釈をすることもできよう。四国の瀬戸内沿岸の平穏な姿を見た一茶の脳裏には、早くもこんな政治的関心が芽生えだしていたことを物語る。

寛政五年(一七九三)の正月は、有明海に面した肥後国熊本藩の支藩八代城下(現熊本県八代市)の正教寺で迎えた。この時の住職法侶は文暁と号した俳諧師として、上方や名古屋の俳人とも交流するほど著名な人物で、一茶を快く迎え入れ雑煮を振る舞った。一茶はそれまで四国の旅先で二六庵竹阿の門弟であると名乗っても宿泊を断られることがたびたびあった。

夏の夜に風呂敷かぶる旅寝哉　「寛政句帖」寛政四年

貧家

寒き夜や我身をわれが不寝番　同　同

外は雪内は煤ふる栖かな　同　同

山寺や木がらしの上に寝るがごと　同　同

と、壊れかけた廃寺の中で寒さを凌ぐ日があったから、この歓待はよほど嬉しかったのであろう。寛政五年の句帖「癸丑歳旦」の冒頭に

君が世や旅にしあれど笥の雑煮　「寛政句帖」寛政五年

と初春第一句を認めた。漂泊の旅と覚悟はしていても辛かった。それなのに雑煮を振る舞われるなんてありがたいことだという感謝の気持ちを表出した句だが、その時ふと思い出したのが、

家にあれば笥に盛る飯を草枕旅にしあれば椎の葉に盛る

という『万葉集』巻第二の有間皇子(ありまのみこ)の歌である。孝徳天皇を父に持ちながら謀反(むほん)の罪で紀伊国に流される途中で詠まれた歌だが、同じ旅にありながら、食器に盛られた雑煮を食べられるなんて、自分はなんと良い世の中に生まれたものだという思いが伝わってくる。一茶はこの頃から『万葉集』や『古今和歌集』などを本歌とする句をしばしば詠むようになっていた。

しかしその後も夜の宿を確保することは難しかったようである。三度の飯にありつければ、まだましかとこんな句を詠む。

けふ一かたげたらへざりしさへ、かなしく思ひ侍るに、古へ翁の漂泊かゝる事日〳〵なるべし。

三度くふ旅もつたいな時雨雲(しぐれぐも)　「享和句帖」享和三年

今日は芭蕉忌だ。それなのに金がなく一食抜かして悲しい思いをしてるけど、そんなことは昔芭蕉翁の漂泊の旅でさえしばしばあったことなのさ。旅に出て三度の飯が食べられるなんてことはほとんどない、何を贅沢言っているのかと自分を戒める。

それにしても、自分勝手に旅に出たとは言え

我好て我する旅の寒〔さ〕哉　「西国紀行」寛政年中

秋の夜や旅の男の針仕事　「寛政句帖」寛政五年

と、漂泊とはなんとも淋しいもので、しかも着物の綻びの繕いまで自分でしなければならない孤独な旅の連続であった。そうすると

初夢に古郷を見て涙哉　「寛政句帖」寛政六年

と、江戸を離れて三年目の正月、故郷の光景が夢に出てきて望郷の念が起こりだすのである。

長崎で見た異国色

しかし寛政五年から六年にかけての長崎をはじめとする、丸一年の九州の旅は、一茶にとって、異国情緒豊かな長崎の光景から、異国と対比して自国を見る目を培う絶好の機会となった。

それは同じ旅でも奥の細道への旅に出る江戸の俳諧師や、九州に旅したとは言え、わずかな日数で通り過ぎる俳諧師とは一茶は違ったということである。一茶は帰府後も世上で長崎が話題になれば即座に強い関心を示し、江戸に異国情報がもたらされればすぐ反応する、そんな特異な存在として俳諧仲間に見られるようになったからである。

では一茶は長崎で何を見て、どんな思いを持ったのだろうか。

君が世や茂りの下の那蘇仏(耶)(やそ)　「寛政句帖」寛政五年
君が世や寺へも配る伊勢暦(くば)(いせごよみ)　同　同
君が世やから人も来て年ごもり(唐)　同　同
から人と雑魚寝もすらん女哉(唐)(ざこね)　同　同

と長崎ならではの光景を詠んでいる。「君が世」＝徳川の世が長く続いた結果、かつては町のあちこちにあったキリシタンの墓地が、すでにうっそうと茂る木立に埋もれてしまったことに遠い過去の世界を見る。また街のあちこちに見える南蛮風の寺々へも伊勢暦を配る光景を見て、南蛮寺院が日本の年中行事に溶け込んでしまったことに時代の変化を見てとる。さらに唐人屋敷に滞在する中国人も日本の新年を迎える行事に加わり、その年越しの集まりに加わった中国人と雑魚寝する日本の女性の姿態に、国際都市長崎ならではの光景と目を瞠(みは)る。

しかし一茶が九州を去り、江戸に帰ってからまもなく、長崎でのロシアとの国際的緊張関係発生の報に接するや、「君が世」的な観点から独自の自国優越論を示すのである。

そしてこうした一茶の長崎観や異国観は晩年になっても変わることはなかった。だから五〇代後半になっても

唐人(からびと)も見よや田植の笛太鼓(たいこ)　「八番日記」文政二年

大菊や今度長崎よりなど、　同　文政四年

と中国人への優越感や、新種の大菊は長崎産だってよ、さすが長崎だという思いを時折表出するのだった。

ただ、一茶が熊本・長崎以外の九州のどこをどう巡回したのかなどはよく分からない。確かめられる記録として「寛政句帖」に

(阿)安蘇(あそ)一見急ぎ候やがて神無月(かんなづき)　寛政五年

と詠まれているくらいで、確かなのは阿蘇を一見しながら初冬を迎えたというこの句のみである。一茶が師匠の二六庵竹阿の句文集「其日ぐさ」の書写を旅前にしていたと仮定すれば、そこには竹阿の九州行脚の際の交遊関係が記されているので、それを頼りに九州各地を巡回した可能性はある。

「其日ぐさ」によれば、竹阿は明和元年(一七六四)から翌二年にかけて伊予松山から筑紫へ赴き、長崎→肥前伊万里→肥後唐津→同佐賀→筑後→豊後日田→豊前小倉→瀬戸内へ向かっている。師の足跡をたどることが一茶の西国旅行の一つの目的だとすれば、同じコースを巡った可能性が高いが、確証はない。

自立する一茶

寛政七年(一七九五)、三五歳になった一茶は、九州から山陽道を経て再び四国に戻り、讃岐観音寺町の専念寺で新年を迎えた。そして一茶は、正月早々師匠の二六庵竹阿がかつて交遊して回った伊予国の俳諧師たちの間を、彼の「其日ぐさ」を頼りに巡回したという。

伊予は竹阿が宝暦から安永期に四回も行脚して、時には一年以上も滞在し多くの俳諧師たちと交遊を重ねた土地である。当然一茶は各地で歓迎された。とくに松山城下松前町の酒造業者で伊予俳壇の第一人者と言われる栗田樗堂(ちょどう)(一七四九〜一八一四)から厚遇されて、しばらく滞在し、その間樗堂との二人で連歌をつくる両吟もふくめしばしば歌仙を巻いた。

一茶の伊予滞在は、伊予の俳諧師への訪問の明け暮れであった。師竹阿が交遊した俳諧師の多さに驚くとともに、あわせて竹阿も足を運んだであろう古社寺など名所旧跡と古典との関わりを確かめ、その感動を歌や句に詠んで詩情を育む連続だった。

名所とは歌枕とも言い、古歌に詠みこまれた場所を言う。風光明媚であったり、歴史的な旧跡だったりする場所が多い。そしてそこには古歌が刻まれた歌碑が建立されている場合が多く、古歌との出会いの場でもあった。芭蕉が奥の細道へ向かう目的もそこにあった。一茶もそれに倣ったのである。

たとえば宇摩郡入野村(現四国中央市)の暁雨館(大庄屋山中氏)を訪問したが、入野村について「此里は入野てふ名所にしあれば、世々風流人のことの葉のあれば、やつがれも昔ぶりの歌一首を申侍る」と、万葉集巻一〇巻の柿本人麻呂の歌を思い出し長歌を詠んだように、一茶も各所でこうした詩作を繰り返したのだった。

そして一茶は旅の次の目的を目指して上方へ向かう。それは竹阿が「浪花　二六庵竹阿」と名乗るほど長期間にわたり滞在した大坂や京都の俳諧師との交遊である。そこで一茶は大坂の黄華庵升六(?〜一八一三)宅に寄宿した。四国に上陸後まず伊予俳壇の雄・樗堂に挨拶に向かったように、上方でも京都東山にある芭蕉堂の庵主、高桑闌更(一七二六〜九八)を訪問し連歌をつくった。闌更は医業のかたわら蕪村亡きあと芭蕉追悼の法会を主催し、句集「花供養」を編集して蕉風復興に尽くしている俳諧師としてとみに名声を高めていた。升六もまた闌更の後を継いで芭蕉堂三世となり、文化文政期の上方俳壇に重きをなした俳諧師である。

その後一茶は、俳諧の宗匠と認められるための儀式に臨む。その儀式とは芭蕉が葬られている近江膳所の義仲寺で毎年催される芭蕉忌(時雨会という)に参会し、庵主興行の連句に同座し、さらに発句を奉納することである。この時の連句は直後に刊行される『しぐれ会』を介して全国の俳壇に伝わり、その名が知られることになるのである。だから一茶は

義仲寺へいそぎ候はつしぐれ　行脚一茶　「しぐれ会」寛政七年

と、年に一度しかない機会を逃してはならないと焦る気持ちをそのまま献句したのである。四国の巨匠樗堂、上方きっての俳諧師、芭蕉堂二世闌更との両吟、義仲寺時雨会の献句。それらは一茶が二六庵一茶として名実ともに上方俳壇で認められたことを意味し、師竹阿の追善はいまだ残るものの西国への旅の目的をほぼ達したことを物語る。

こうして一茶は一安心すると、大坂の各地を回り名所旧跡を訪ね、古典的名歌に触れた。そしてその時の自分の感情を句に詠んでいった。また升六に協力して芭蕉七部集第一の「冬の

日」の注釈に精を出した。升六著『冬の日注解』の序文には、「ひとゝせ冬籠りのつれづれに」一茶と終夜炉辺にうずくまって意見を交わしたとあるので、かなり力を入れて蕉風の真髄を究めようとしたことが分かる。

そして当然のことながら、ここでも師竹阿が交遊した俳諧師たちを精力的に訪ね回った。そうした俳諧師のなかで一茶に大きな影響を与えたのは、安井大江丸（一七二二〜一八〇五）である。蕪村亡きあとの大坂俳壇を盛り上げ、その軽妙洒脱な俳風が一茶の俳風形成に影響を与えたと言われた俳諧師である。

その後一茶は、足を西にのばし山陽道を周防から長門へ入り逍遥した。そしてまた大坂へ帰り、さらに四国へ渡り、寛政一〇年（一七九八）には、大和長谷寺で新春を迎えた。三六歳になり、江戸を離れ丸六年になろうとしていた。

この間一茶が関心を持ったのは、瀬戸内海に残る源平の合戦の古戦場に関する事柄だった。たとえばこんな長い前書の句がある。

此あたりは、そのかみ元暦元年三月十八日、一門皆番後の迹也、兜着ていかめしき蟹あり、平家蟹と云。幽霊と化してとがなき人ををびやかすも、おほくは兵ものにをなじければ、身は虫類に属しても平の姓を名乗［る］、是勇ならずや、忠ならずや。

蟹と成て八島を守〔る〕野分哉　「西国紀行　書込み」

元暦元年（一一八四）三月、長門壇ノ浦の合戦において平家が滅亡した際、平氏の武装した姿に似ている蟹を平家蟹と言うようになったが、いまでもそうした歴史が語り継がれていることに感動する。この他に

平家蟹昔はこゝで月見船　「西国紀行」寛政七年
月やこよひ舟連ねしを平家蟹　「西国紀行　書込み」寛政年中
迎火やどちへも向かぬ平家蟹　「七番日記」文化九年
月や昔蟹と成ても何代目　「西国紀行　書込み」寛政年中

と瀬戸内のどこに行っても決まって源平争乱、そして『平家物語』の世界が語り継がれていることに歴史の重みを感じとったのであろう。

話し言葉の衝撃

一茶は西国の旅で驚かされたことがある。言葉遣いである。おそらく「諸国の掃き溜め」で

ある江戸でも、信州訛り(なま)は気になってはいたが、西国に来て「話し言葉」のあまりの違いに意味や土地の呼び方が分からず、かなり戸惑ったのだろう。

一茶と同時代の人で京都に橘南谿(たちばななんけい)（一七五三～一八〇五）という医師がいた。彼は西国巡歴の旅に出て幸いにも薩摩(さつま)国に潜入するのに成功したが、そこで即座にぶちあたったのが言葉の壁だった。とくに村を出ることのない女性の言葉は「一向に通じず」「またこなたよりいうこともさらに聞こえず」（『西遊記』）とまったく駄目だったと記しているが、九州での一茶も似たような言葉の壁の経験をしたことだろう。

一茶は時折こうした言葉の経験を日記の余白に書き込みだす。たとえばこんな記事がある。

比良(ひら)の八講は、舟人湖上の風をおそれ、論義とは、風定まらざる也、トイテは日和(ひより)風、ハヤテとは雨をさそふ、せ田嵐、伊吹(いぶき)風、ヤマセ風、ナガセ風、サキ風は春夏の名によぶ。日あらし、根わたしは、湖上の風にして秋冬に云。

（「西国紀行　書込み」寛政年中）

琵琶湖西岸は比良山からの吹き降ろしで「比良の八荒」と呼ばれる寒風が吹き荒れる。舟人はそれを恐れて舟を出すか出さないか議論になった。そして琵琶湖では風の呼び名が多数あることを知って、その驚きを記す。そして旅の先々での会話に関心を持ちながら、各国の「話し言葉」＝方言にまで関心が及びだし、「土佐言バ」ではこうだ、「尾州」・「豊後」・「奥州」ではどう話すかと具体的事例を書き留めだすのである。ついには

イウえうにかよふ。いえはアイウエヲに連り、ゆにかようい えはヤヰユヱョ。アイウヱヲは軽く、ウは重り、ワヰウヱノウ重し、故尾ニ用。アイウヱヲは頭用。アワヤノ喉音を首尾ト中に配当セリ。

平家　ふゐいケ　半分をフハンブン
答ニア↘アイ　下答ウ↘　（同）

と発音の原理にまで及び、そこから土地の人が言う「平家」、「半分」、質問への答えの言葉方の発音の特徴を探るまでにいたる。

こうして生まれた一茶の「話し言葉」＝方言への関心は、その後あらゆる「話し言葉」の収集にまで広がる。それは最晩年まで続けられていき、『方言雑集』として結実する。

そして故郷柏原に帰郷後、「信濃方言」と題する俳諧の連歌(連句)を独吟し、信濃言葉で故郷の習俗や風物を面白く描いてみせたように、各地で収集した土地の方言を組み込み滑稽味を

醸(かも)し出すことを得手としたのが、一茶の俳風の一端だとすれば、一茶にとって西国という異郷への旅は刺激的な毎日であったと言えるだろう。

江戸の一茶へ

寛政一〇年(一七九八)春、一茶は上方の俳諧師たちに惜しまれつつ江戸へ向かう。離別に当たって彼らが編集した惜別の句集『さらば笠』には、闌更や大江丸も句を寄せ餞(はなむけ)とした。合わせて一茶が親交を結んだ東海道筋、四国・九州・中国と畿内の俳諧師のほか、江戸や伊勢・伊賀、信濃・武蔵・陸奥南部の俳諧師までが寄句に応じ、大坂俳壇が総力をあげて編集したことがうかがえ、彼らが一茶を高く評価していたことが分かる。

故郷柏原に立ち寄って江戸に戻った一茶は、早速江戸周辺の俳諧師への帰府の挨拶や、お世話になった上方や四国・九州の俳諧師への礼状書きと、逆に西国からの書状の受け取りに追われた。そして急遽それらを取捨選択して記録することとし、その帳簿を「急逓記(きゅうていき)」と名づけた。しかし書状や句集などの往復は絶えなかった。それらを筆まめな一茶は記録し続けていった。「急逓記」は、寛政一〇年(一七九八)から文化六年(一八〇九)までの一一年分が残されているが、それ以後は新たな来信録に切り替えられたので、この年で終わった。

「急逓記」は、当初は発来信のほとんどが西国関係者で占められている。おそらく発信の多くは、大坂から送られてきたばかりの惜別句集『さらば笠』に関する返信であったであろう。その後は発来信とも次第に回遊先の房総地方の門人との書状や句集のやり取りが増えていくが、依然として上方と西国地方の俳諧師との交遊が続いていることが分かる。

こうして多忙な帰府の業務が一段落した頃、一茶は、昔なじみの俳諧愛好者からの誘いもあって、『さらば笠』を携え故郷信州へ向かった。宗匠としての地盤を開拓しようという意気込みもあったと言われる。しかしそこで一茶は、偶然父弥五兵衛の死に遭遇し、その死を見守る。そして看病の最中父から財産分割の遺言状を与えられる。一茶三九歳の時である。故郷で唯一の理解者を失ったことになる。

その一茶が四〇代に入る頃、江戸きっての俳諧師夏目成美（せいび）に認められ、彼が主宰する句会随斎会（ずいさいかい）(草庵会、成美亭会とも)に参加するようになる。随斎とは成美の別号である。成美(一七四九～一八一六)は江戸蔵前の札差（ふださし）で、井筒屋八郎右衛門と称し、若くして俳諧に親しみ、清雅で繊細優美な句を詠み、江戸俳壇で頭角を現し、次第に重鎮的存在となっていった。

札差とは、幕府から旗本や御家人に支給される米の受け取りや売却を代行することで手数料を得ていた商人のことである。しかし成美自身は身体に重い障害を持っていたので、各地を行脚して諸国の俳人たちと交わることが困難だった。そこで自宅で時折著名な俳人らを招き随斎会と称する句会を催したのである。この句会に出席が許されることは、江戸で俳人として認められたことを意味した。また全国各地の俳人とも深く交遊したので、成美の元へは諸国で活躍する俳人たちの句集や情報が蓄積されていた。

一茶は、そんな成美に寛政一二年(一八〇〇)頃から注目され、二人は出会い歌仙を巻いた。

雉鳴て朝茶ぎらひの長閑也　成美
二葉の菊に露のこぼる、　一茶
(「連句」)

おそらく成美が一茶の評判を聞いて直接その実力を試したのであろう。そして享和三年(一八〇三)六月一三日の日記に「随斎ニ入」(「享和句帖」)と記したように、一茶は四一歳にしてようやく江戸で俳諧師として認められることになった。

こうして文化元年(一八〇四)正月には、「巣兆ノ婦人例ならぬとて、乙二、道彦とおなじく千住におもぶく」(「文化句帖」)と記されているように、江戸俳壇において名を馳せた鈴木道彦や松窓乙二(おつに)と揃って出歩けるほどに、当時当代一流の俳諧師たちと親しい仲となったほか、俳諧師建部巣兆(たけべそうちょう)(英親)夫人の病気見舞いに同行するほど、急速に信頼を得ていったのである。

この頃一茶は、江戸を離れ房総地方の俳諧師たちとたびたび句会を持ちつつ、葛飾派の句会で執筆を務めて以来続けてきた日本の古典や漢籍の学習を怠らず、読書の範囲はさらに当時話題になっていた国学者や儒学者の書籍にまで及んでいた。とくに中国最古の詩編『詩経』には強い関心を持ちその講釈の席に出席して学習するだけでなく、その内容にまで深く立ち入り、『詩経』の詩編に合わせて句を詠むなど、その真髄を己の句作に生かそうと努力している。

一茶の作風は、随斎会でかなり話題になっていたようである。文化五年(一八〇八)、一茶が帰郷のため長い間随斎会に出席できないでいると、成美から出席を促す手紙が帰郷先に届く。そして

例の貧俳諧、貧乏人の友もなくて困り入申候、忽々早く立戻り給はんをまつのみ、先日谷中の一瓢上人に招かれ、一夜泊りて俳話いたし候、其夜、探題に

花すゝき貧乏人をまねくなり

と口吟申候は、闇に先生の事をいひ出したるなり。貴句給て候也。(以下略)

(「一茶あて書簡」)

と、この成美書簡は、一茶が「貧乏人」で「貧俳諧」と名づけられるほど裏長屋の世界ばかり詠んで話題になっていたことを教えてくれる。随斎会に出席する俳人たちは、一茶を除いてそ

の日の生活にも困るような俳人は誰一人いない。

　こうして一茶は、文化八年(一八一一)、四〇代後半に刊行された俳諧番付「正風俳諧名家角力組」の上段東前頭五枚目に著名な俳人たちと並んで、「江戸　一茶」とその名が紹介され、名実ともに江戸の俳諧師として認められるようになったのである。

5　国学の隆盛と世直し願望

俳諧情報の収集

一茶はきわめて几帳面であった。毎月決まって、毎日の生活の記録と詠んだ句を書き留めてきた手帳を開いて、一日一日の晴雨(雪)と出来事などを簡略化して日記を付け、最後のその月に詠んだ句のなかからこれはという句を書き留める。そして晴と雨(雪)の日の日数と「在庵」＝在宅と「他家」＝他出の回数を書き、月に詠んだ句数や歌数を記録する。これを享和二年(一八〇二)、三九歳の年から文政八年(一八二五)、六三歳までの二二年間、時には休むこともあったり、別の月に詠んだ句を追加するなどの混乱があるものの、ほとんど休まず続けてきた稀有な俳諧師だった。

この日記には、しばしば男女の情交に関する不祥事や、社会で大きな話題になった出来事が詳細に記されている。現代俳壇を代表する俳人で一茶の句にも関心が深い金子兜太(とうた)は、その点を「それは巡回俳諧師にとって欠くことのできない商法なのだが、一茶のような好奇心の旺盛な男にはそれは楽しいこともあった」のではないかと推測されているが、たしかにそうした一面もあったことだろう。

一茶は、四〇代後半、一茶の俳諧師としての資質を高く評価し、自らが主宰する句会(随斎会)でも一茶を異色の存在と認めた江戸俳壇の重鎮夏目成美から、彼が収集していた全国の俳諧師からの集句録を借覧する機会を得た。

一茶は西国への漂泊の旅で知己を得た俳諧師との交遊を続けていた。そして句の交換によって自らの位置を確認し、合わせて各地で活動する俳諧師の情報を収集して句会などで披瀝し、門人らに伝え、自己の存在をアピールすることに努めてきた。その点で先に紹介した発来信記録「急逓記」は一茶にとって欠くことのできない備忘録となっていた。

しかしそんな一茶でも成美の集句録の凄さに圧倒されてしまった。そこには全国の俳諧師から寄せられた句が書き留められていた。その交遊の広さに驚くとともに、自己の「急逓記」に見る世界の狭さに愕然とさせられた。残念ながら成美の集句録は現存しないので、表題があったかどうか。どんな内容の集句録であったかは分からないが、一茶がショックを受けたことは間違いない。

一茶はその集句録を成美の別号である随斎にちなみ「随斎筆紀」と名づけた。全文の書写は許されなかったので一茶は句のみを抄録する作業を開始し、自ら「随斎筆紀　抜書」と命名した。そしてその筆記作業の途中から帳面の上段の余白に、「急逓記」以来自分に寄せられる句を合わせて書き込む作業も行うようになった。それをそれまで続けてきた「急逓記」の代替とすることにした。だから一茶の書き込みの部分は、句だけが並んでいるのではなく、簡略だが来信者の消息が分かる記事も書き込まれているのである。

こうして一茶の発信記録は無くなるが、来信記録は文政九年(一八二六)、死の直前の六四歳まで一五年にわたり書き留められるようになったのである。

この間、文化一三年(一八一六)に成美が死去し、成美の集句はそこで断絶する。それ以後は一茶自身による集句録ということになり、書名を一茶の別号「俳諧寺筆紀」と名づけてもおかしくないほど、全国の俳諧師からの句や消息を書き留めている。

そこには成美と一茶自身を含めて一一五〇人からの四六七二に及ぶ句が集められている。そのうち、成美集句分が一四七七句なのに対して、一茶集句分は三一九五句にのぼる。集められた句の大半が一茶に寄せられた句であったことが分かり、そこに一茶の全国句界情報収集の執念が読み取れる。

「随斎筆紀　抜書」に書き留められた俳諧師のなかには、芭蕉や蕪村のほかに、成美・一茶自身の句も集められているが、そのほとんどは同時代の俳諧師の句であり、成美の諸国俳諧師たちとの交流の広さと、成美亡き後の一茶のさらに広い交遊関係拡大への情熱の凄さを知ることができるだろう。

ではこうした情報の発信や収集は、どのような方法で行われたのであろうか。普通なら民間が経営する町飛脚か商人たちがよく使う特定の飛脚を使うだろう。当時、飛脚制度は想像以上に発達していて柏原のような信州の奥地でも町飛脚の配下にある飛脚は村内に存在していたので不便はなかった。一茶もそうした村の飛脚を利用していたようだ。「随斎筆紀　抜書」の一茶書き留めの部分には、発信者が何日にどこから出して柏原に何日に着いたかが分かる記録があり、発信地から柏原の一茶の手元に着くのに何日かかったかを知ることができる。それは発信地の遠近にもよるが、同じ発信地からでもかかる日数にばらつきがある。短い場合は、

閏八月廿一日出、九月一日届く　八巣が池ノ端へ仮住居祝して　守静

竹取の翁に似しぞ此月見

と、江戸の俳諧師守静からの書状が、江戸—柏原間を一〇日で届いている。しかし一ケ月かかる場合やそれ以上の時もある。

どうしてそうした違いが出るのだろうか。当時の街道筋の事情も考えられるが、書状や摺物などを頻繁にやり取りするプロの俳諧師たちは、同門の俳諧師たちの書状や作品を運ぶためのお抱えの飛脚を抱えており、それを使えば短い日数でしかも正確に届くという。一茶研究の第一人者矢羽勝幸(やばかつゆき)はその可能性が大であると見ている。こうした特定便の飛脚が営業できるほど俳諧師間の情報交換は頻繁だったのだ。

さらに集められた情報はどのように書き留められていったのだろうか。一茶は巡回俳諧師として家をしばしば留守にする。その間に書状類が自宅に届く。だから毎日書状類を整理し返事を認めることは出来ない。「随斎筆紀　抜書」の書き留め方を見ていくと、柏原の自宅に戻った際、溜まった書状類を一気に書き留めていくという方法が取られたようである。

一茶のこのような全国俳諧情報の収集と蓄積の評判を、当時の江戸や大坂の本屋が見逃すはずがない。なんと六〇歳の頃(文政五〜六年)に刊行された俳諧見立番付(みたてばんづけ)「正風俳諧師座定配図」の東西を分ける柱に「勧進元シナノ一茶」という表記がある。信濃の一茶が見立番付の興行主として鎮座しているのだ。おそらく版元が一茶を無断で祭り上げたに違いないが、一茶が勧進元だとすれば、誰からも信用されて売れると判断したに違いない。

では一茶は、自分が判定人の番付に登場する各地の俳諧師と交遊がなかったのかと言えば、そうではない。文政四年(一八二一)に刊行された「俳諧士角力番組」(次頁)という俳諧師番付がある。中央の柱に一茶が「差添」として一茶の名があり、「東の方諸国」「西の方江戸」と分かれているが、表のように、東方に登場する六八名の内五五名の俳諧師の句は「随斎筆紀　抜書」に記録され、交遊があったことを確認できる。版元は安心して一茶の名を借用したのである。

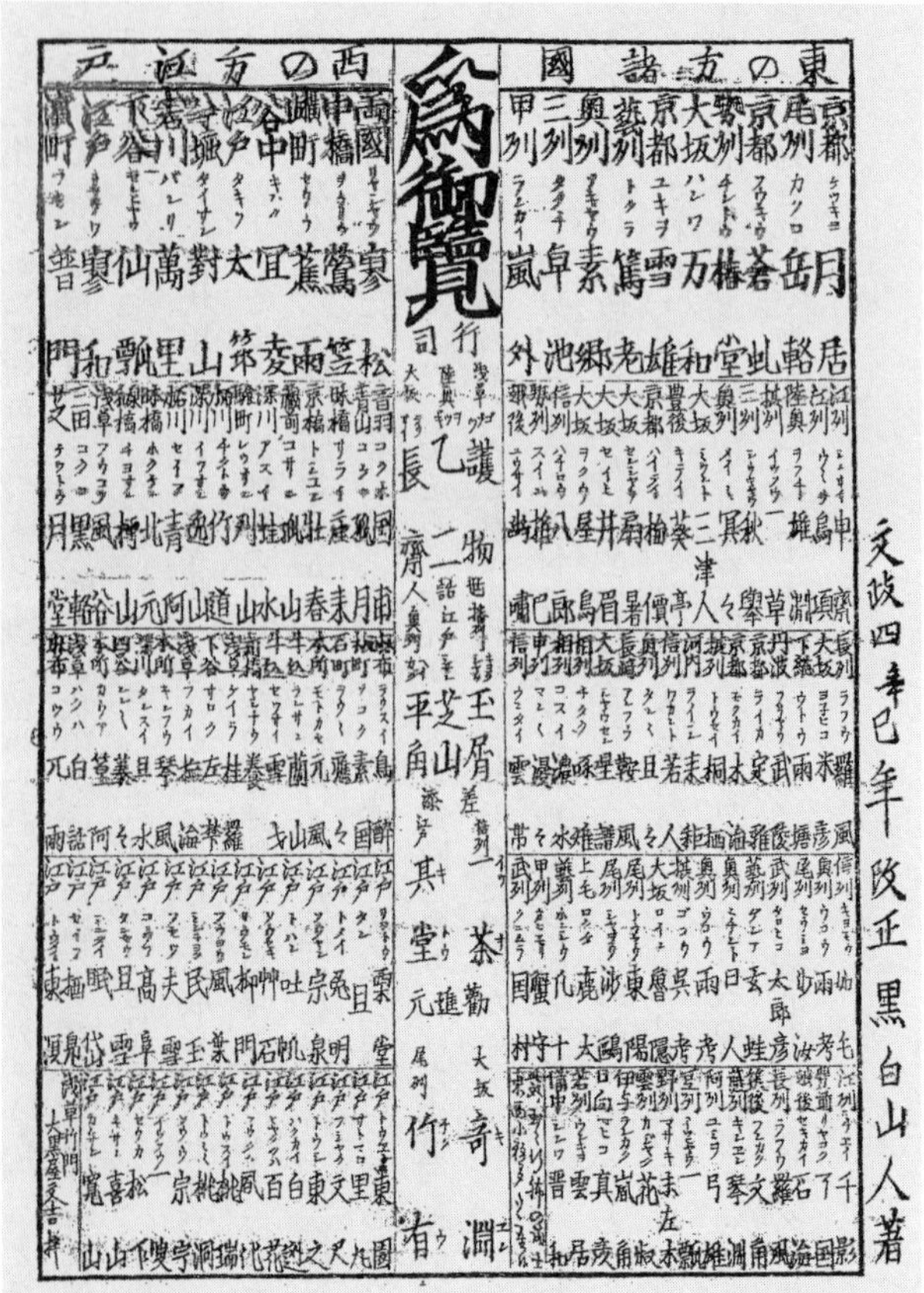

出典：矢羽勝幸編『一茶の総合研究』

俳諧士角力番組

『俳諧士角力番組』「東の方諸国」国別俳諧師名

京都	○月居　○蒼虬　○雪雄　○梅価　○定雅　○木海
大坂	○万和　○三津人　●扇署　○井眉　○屋鳥　○米彦　○星譜　○魯隠
長崎	●鞍風
睦奥	○素郷　○冥々　○旦々　○雨考　○日人
上野	○鹿太　○雄淵
下野	○末左木
武蔵	○太郎彦　○国村
下総	○雨塘
相模	○雉啄　●濃水
伊豆	○一瓢
越後	○幽嘯　○石海
甲斐	○嵐外　○漫々　○蟹守
信濃	○八郎　○若人　○雲帯　○如毛
三河	○卓池　○秋挙
尾張	○岳輅　○沙汝　○東陽　○沙鴎
伊勢	○椿堂　●推巴
近江	●申斎　○鳥項　○千影
若狭	○雲居
摂津	○一草　●桐栖　●呉考
河内	○来耟
丹波	○武陵
出雲	●花叔
備中	●晋和
安芸	○篤老　○玄蛙　○凡十
長門	○羅風
阿波	●弓雄
伊予	●嵐角
豊前	○了国
豊後	○葵亭
筑後	○文角
日向	●真彦
薩摩	●琴淵

○：随斎筆紀　抜書に集句の俳諧師
●：なし

出典：青木美智男「一茶と尾張・三河の俳諧師」『知多半島の歴史と現在 16』

一茶はもの凄い読書家でもあった。日記にはしばしば読書した書名や貸し借りした書名が記録されているだけでなく、発来信記録「急逓記」の文化三年(一八〇六)一〇月の記事には次のような記載を見ることができる。

一『旧事記』『古事記』八冊
一『ワカン名数』一冊
一『政談』八冊
一『春曙抄』十三冊
一『宝物抄』一冊
右　小金可長へ遣ス
一『荘子』十冊
一『詩経』八冊
大坂屋藤兵衛殿へ出
(中略)

去十月二日
一『三月抄』畠芹　其祭ニ遣ス
十月四日
一『金槐和歌集』『草庵和歌抄』是空に遣ス
九月十七日
一　書一通『東鑑』入　木更津雨十　祇兵子へ出ス
十月十九日
一　書一通　双樹『古乞食』『網鳥』うけとり入
いせや定七どのへ出

この記事によると、『旧事紀』とか『古事記』、そして荻生徂徠の『政談』、そして近世初期を代表する歌人北村季吟の『枕草子春曙抄』、鎌倉時代の仏教書である『宝物抄』などを、下総国小金(現千葉県松戸市)の俳諧師可長に送っている。そして『東鑑』を同国木更津の俳諧師雨十を通して同じ木更津の祇兵へ送っていることが分かる。

いずれも一茶が回って歩く親しい関係の俳諧師への送付だが、日本古代や中世を代表する歴史書や平安時代や鎌倉初期の著名な随筆の解説や歌集を求めに応じて購入し送付している。このことは送付する以前に一茶が読みこなし内容を熟知していたことを予測させる。文化五年(一八〇八)には可長に『玉勝間』など三点を「二割引き」で販売している記事も見受けられる。周知のように『玉勝間』三冊は、寛政七年(一七九五)から文化九年(一八一二)にかけて刊行された随筆集で、一〇〇〇項目にも及ぶ考証・見聞などをまとめた国学者本居宣長の思想を凝縮したもので、それを割り引いて売るという行為は、事前に十分読み込んでいたからこそと考えられる。

寛政一〇年に始まり文化六年まで一一年間書き留められた発来信記録「急逓記」には五二点にのぼる書名が記されている。その内の多くは句集類と俳諧関係書だが、その他では、『玉勝間』『てにをは紐鏡』『詞の玉緒』『菅笠日記』など宣長が書いたものと、近世初期の歌人で歌学者でもあった戸田茂睡(一六二九〜一七〇六)の歌集『鳥之迹』や江戸名所記の『紫の一本』、北村季吟(一六二四〜一七〇五)著の仮名草子『子より卯迄日記』など歌学関係の書物で国学に通じる関係書がある。そして浮世草子作家である井原西鶴(さいかく)(一六四二〜九三)の『日本永代蔵』、『西鶴名残の友』などの書名も見ることができる。これは西鶴物が文化文政期に入っても人気が衰えず超ロングセラーだったことを物語る。

こうした書籍の貸借関係は、文化七年(一八一〇)以降の「七番日記」や「八番日記」、そして「文政日記」にはあまり記録されなくなる。しかし文化一〇年(一八一三)の帰郷後は貸し出し相手が、「『方丈記』『芭蕉句選』可候ニ借ス」(文化一〇年三月一七日)とあるように信州の友人・門人たちに変わり、相変わらず続いていたことは間違いない。

そして晩年には古典の抄録を開始し克明に書写を行うようになる。その書写帳は「俳諧寺抄録」と名づけられているが、そこには『万葉集』や『古事記』の抄録、『古事記伝』の引用も見られる。また近世の国学書、古典注釈書、漢籍の引用もある。文政六年(一八二三)、六一歳頃から書きはじめ、死の直前まで続けられているところを見ると、晩年まで知識欲が衰えなかったのだろう。

では一茶は何時どこで書写や書状書きなどの作業を行っていたのであろうか。毎月の半分近くは「他家」=近隣の門弟宅回りで不在である。おそらく「在庵」=在宅時しかないと思われるが、月末になれば日記をまとめる時間も必要になる。そして書状を出す。高齢化による病状が悪化すれば床につく。だから体調が改善した時に、「昼夜炬燵弁慶」(「文路あて書簡」)と自ら書いているように、晩年は炬燵に入ったままでの作業であったに違いない。

一茶の生涯を見るうえで見逃してはならないのは、在宅していれば、こうした作業を連日続けてきたという事実である。問題はこうして得た知識が、本業の句作にどんなふうに反映し、内実化されているかであろう。その点で文化元年(一八〇四)、四二歳の時、師匠の夏目成美と二人で巻いた歌仙(連句)で、

日本記(紀)をひねくり廻す癖ありて　成美
松風聞に三度旅立　一茶

というやりとりがある。成美が記紀や万葉集などの古典を題材に野暮ったい句を披瀝して風雅な雰囲気を壊してしまう野暮な俳人がいるねと一茶を皮肉った。対して一茶が大和は吉野まで松風を聞きにわざわざ三度も旅したことがございますよ、と応えた。一茶はこの時四二歳で成美主宰の随斎会に出るようになってわずか二年で、すでにこうした機知に富んだやりとりをしている。そして五二歳以降になっても相変わらず

天皇の袖に一房稲穂哉　「七番日記」文化一一年

天皇のた〔て〕しけぶりや五月雨　「八番日記」文政四年

と、秋の田園風景を見て、一茶はふと「秋の田のかりほの庵の笘をあらみ　わが衣手は露にぬれつつ」(『後撰和歌集』巻第六)とか「貢ぎ物ゆるされて国とめるを御覧じて　高き屋に登りて見れば煙たつ　たみのかまどは賑わいにけり」(『新古今和歌集』巻第七)などという有名な古歌を思い浮かべ、ふと句に詠んでしまうほどの傾倒ぶりであった。

一茶の古典文学や歴史書に関する造詣の深さと、それを句に読み込む習性は、成美邸に集まる著名な俳諧師の間でもかなり有名だった。そしてそのうえ一茶の「貧俳諧」もまた彼らの間で評判になりだしていた。そうした一茶の作風が、蕉風の真髄に迫ろうという多くの俳諧師のなかでは特異な存在として一目置かれていたのである。

ただ一茶自身は「中品以上の俳諧ハ我しりて我するなれば、一字一点の学文も入るべからず。学文ハ階子也。はやく登りていらぬとハしるべし。中品の内はしり過てはし子ふミはずしたるもあやうし」(「いろは別雑録」)と言って中くらいの俳諧達者の句には、学問で得た知識などを詠んではならないなんて戒めているので、多少の自戒の念は持ち合わせていたようである。

一茶のこうした読書傾向から見て、強く惹かれた思想が国学であることは間違いない。それ

は一茶本人が晩年

ふと諧々(かいかい)たる夷(ひな)ぶりの俳諧を囀(さへづ)りおぼゆ。折から敷島の道の盛りなる時に、大木の陰たのもしく立よりて(以下略)

「文政句帖」文政六年正月

と俳諧の道に入った頃に、その頃流行しだした「敷島の道」＝国学思想に影響されてここまで来たと告白しているが、読書傾向がそれを裏付けている。

そして『俳諧寺抄録』には、「儒道、仏道、〇神道」という記述のほかに、「一茶云、儒道、仏道ニゴリテ、神道ノ一人スムモフシギ也」と張り紙があるが、これは儒道と仏道の「道」は濁音で読むのに神道だけ濁らないのはなぜか、との問いであろう。そしてそれは神道が理が通っているからだと言いたいのだろう。一茶は晩年ここまでの思想を持っていたが、ではこういう国学思想は一茶の句にどう反映されているのか、具体的に見てみることとしよう。

自国観の形成

自国をどう思うかという意識は、外国と関わるようになり、自国と他国を対比してはじめて生まれる。一茶が江戸でいっぱしの俳諧師として自立した頃、幕府による寛政の改革が始まる。

そして一茶が西国への旅に出た寛政四年(一七九二)九月、ロシア使節ラックスマンが、漂流民大黒屋光太夫(だいこくやこうだゆう)ら三人を護送して、通商を求めて根室に来航し大きな話題になった。こうして海防への関心が高まり、江戸湾防備が始まった。その頃一茶は長崎での異国情緒体験の最中だったが、かなりのカルチャーショックを受けていた。

ラックスマンの来航は、日本における最初のウェスタン・インパクトであった。それは遠い北方蝦夷(えぞ)地での出来事のように見えるが、これを機に幕府は蝦夷地全域に大調査団を派遣する。このなかには北方探検家として後に名を馳せた最上徳内(もがみとくない)や近藤重蔵(こんどうじゅうぞう)らが加わっていた。そしてこの調査団の報告書に基づき幕府は寛政一一年(一七九九)、東蝦夷地の一部を試験的に幕府直轄化し、「直捌制(じかさばきせい)」というアイヌとの直接交易とアイヌのキリシタン化を阻止するための和風化政策を実行に移した。こんな情報が江戸にも伝えられたのに敏感に反応した一茶は

初雷(はつらい)やえぞの果迄(はてまで)御代の鐘　「享和句帖」享和三年
是(これ)からは大日本と柳哉　同　同

という句を詠み、未開の地蝦夷地の奥地まで幕府の力が及んだことを率直に喜んだ。

一茶は、江戸に護送されてきた大黒屋光太夫らがロシア風の服装で将軍に謁見したり、番町

（現東京都千代田区）の薬草園内に実質的に軟禁状態に置かれるようになってから、本格的に蝦夷地問題に関心を持ちだすようになったと言われる。

次いで文化元年（一八〇四）九月にロシア使節レザノフ一行が長崎に来航する。ロシアの国策商社ロシア・アメリカ会社の総支配人レザノフ一行は、ロシアが計画した世界周航による通商拡大政策の最後の寄港地に長崎を選んだ。軍艦ナデジュタ号には、仙台藩領の漂流民津太夫一行も乗船していた。レザノフは、ラックスマンが幕府から得た貿易許可証である信牌とロシア国王からの国書を持参し交渉を迫ったが、幕府はそれを拒絶し、一行の長崎上陸すら許さなかった。

その時一茶は江戸にいた。この情報は即座に江戸へもたらされ一茶の耳にも入った。当然長崎体験が頭に浮かび、他の俳諧師より大きな関心を抱き、次の句を立て続けに詠んだ。

神国の松をいとなめおろしや舟　「文化句帖」文化元年
春風の国にあやかれおろしや舟　同　同
門の松おろしや夷（えびす）の魂（たまげ）消べし　同　同
日本の年がおしい（を）かおろしや人　同　同
梅が、やおろしやを這（はは）す御代（みよ）にあふ　同　同紛れもなくロシアの国策商社ロシア・アメリカ会社総支配人レザノフの長崎来航の情報に対する一茶の反応句である。

これらの句には日本を「神国」「春風の国」と持ち上げ、ロシアを「おろしや夷」と見下した一茶の日本優越意識が鮮明に表現されている。一茶が詠む「神国の松」とは、神国日本を支配している松平氏＝徳川幕府を指し、そんな神々の権威を背景にした幕府の外交方針に従えと言っているのであろう。またロシア船は、春風のようなさわやかな国日本の慣わしに感化されてみてはいかがかなとつぶやく。梅の香りのような国日本がロシアを圧服させているようで、なんてこんな良い時代に生まれたものだと心から思う。

おそらく日本の多くの民衆が受けた本格的な海外認識の初発、つまりウェスタン・インパクトに一茶も興奮した。一茶はロシアにインパクトを感じ、それに自国を対峙してみせたのである。

その後、レザノフ一行は長崎上陸は許されるものの、結局幕府から通商を拒絶され失意のうちに日本を去る。この幕府の扱いがレザノフの自尊心と使命感を著しく傷つけた。そこでレザノフはカムチャツカ半島のペテロパブロフスク港に入港後、サハリンの占領と手薄な防衛体制の蝦夷地沿岸への攻撃を命じて、失意のままシベリアで客死した。こうして北方での日露関係は緊張が一挙に高まり、次いで蝦夷地への関心が高まっていくのだった。
一茶は、このロシア情報をきっかけに、海外情報の収集に力を入れだす。文化三年(一八〇六)一一月、

廿七日　晴　ヲロシア漂流人磯吉といふもの咄あるによつて随斎会延引

という記事があるように、夏目成美の家で催される恒例の句会「随斎会」を延期してまで、大黒屋光太夫とともにロシアから帰還した磯吉を囲む会に出席し、生の情報を得ていたことが分かる。磯吉が立場上どんなロシア情報を流したかが問われるが、光太夫が蘭学者桂川甫周(ほしゅう)に語ったロシア見聞録『北槎聞略(ほくさぶんりゃく)』の慎重なロシア像から類推すれば、一茶を驚かすほどのロシア像を披瀝したとは思えない。逆に一茶は磯吉の話を聞いてすでに意識していた日本優越論にさらに自信を深めた感がある。それはこんな形で表出される。

雁鳴や今日本を放(離)る、と　　「七番日記」寛政六〜文化六年
外ケ浜

渡〔り〕鳥日本の我を見しらぬか　　「文化五・六年句日記」文化六年

けふからは日本の雁ぞ楽に寝よ　「七番日記」文化九年

渡る雁我とそなたは同国ぞ　「七番日記」文化一四年

此国(この)のものに成る気か行ぬ雁　「文政句帖」文政五年

これらの句を読むと、秋になるとシベリアから飛来し春に帰っていく雁・渡り鳥に対比して、「日本」や「此国」(自国)を明確に意識していることが分かる。つまり一茶の心中では雁や渡り鳥は、ロシアからの使節である。だから帰っていく雁に、なんでこんなすばらしい「日本」に留まらないんだという気持ちが詠われ、逆に日本へやってきた雁には労(いたわ)りの心を示し、春になっても帰らぬ雁に日本国籍になる気かと、自国意識丸出しの心情をぶつけたのであった。

日本・君が代

一茶はロシアに対置して日本を「神国」「春風の国」と詠んで賛美する。こうした日本観は、すでに三〇代前半の西国旅行の中で育まれていたが、日露関係が緊張の度合を増す文化四年(一八〇七)以降、急速に極端な日本贔屓(びいき)に高まっていく。そのいくつかを紹介してみよう。

冥加(みやうが)あれや日本の花惣鎮守(そうちんじゅ)　「西国紀行」寛政七年

是(これ)からは大日本と柳哉　「享和句帖」享和三年
花おの〳〵日本だましひいさましや　「文化句帖」文化四年
日本と砂へ書たる時雨哉　「七番日記」文化一〇年
桜さく大日本ぞ〳〵　同　文化一一年
日本はばくちの銭もさくら哉　同　文化一三年
日本の外ヶ浜迄(まで)おち穂哉　同　文化一五年
日本(にっぽん)のうどんげ咲(さき)ぬ又咲ぬ　「八番日記」文政三年
元日や日本ばかりの花の娑婆(しゃば)　同　文政四年
　おらんだ渡大馬
日本にとしをとるのがらくだかな　「文政句帖」文政七年
日の本(もと)や金も子をうむ御代の春　同　同
日の本や天長地久虎が雨　同　文政八年

などという句が、全時代を通して詠まれている。

とくに文化三年(一八〇六)の漂流民磯吉の話を聞いて以来、日本を詠む句にかなりの変化が見られる。桜の季節の日本はなんとすばらしい国か。大日本と詠むに相応しい景観が国中に広がり、「敷島の道」＝大和心の風景そのものではないか。豊作の秋の日本は外ケ浜＝本州の最北端までも落穂だらけだ。このような句を自選の『一茶発句集』に再録する際に一茶は、「米穀下直(値)にて下々なんぎなるべしとは、こと(異)国の人うらやましからん」と前書を添えた。異国に対して自国の優越性を込めた句だと自ら認めるほどだから、一茶の「日本」を詠む句のすべては自国のすばらしさを強調する内容に大きく変容しているのである。

だから現実の日本社会、つまり「君が世(代)」＝徳川の世は、ますます無事平穏であり続けなければならなかった。そこで一茶は、

君が世や蛇に住替る蓮の花　「寛政句帖」寛政四年

君が代は乞食の家ものぼり哉　「西国紀行　書込み」寛政年中

藪入よ君が代諷へ麦の雨　「文化句帖」文化元年

君が世やかゝる木陰もばくち小屋　同　文化元年

君が代を雀も唄へそりの唄　同　文化三年

君が代の木陰を鹿の親子哉　「文化三―八年句日記」文化六年

君が代は女もすや冬籠り　「七番日記」文化一〇年

君が代や世やとやそよぐことし竹　同　文化一〇年

君が代や厄をおとしに御いせ迄　　同　文化一〇年
君が代は女も畠打にけり　　同　文化一二年
君が代や厩の馬へも衣配　　「八番日記」文政三年

と三〇歳から五八歳(文政三年)までの二八年間は、毎年のように「君が代(世)」を前句とする句を詠んでいる。それらの句に共通するのは、身近な平穏無事な諸現象を取り上げて徳川の世を是認する、物乞いをするような貧しい家にも鯉幟が泳ぐ、厄払い程度でも伊勢参りに出かける、正月になれば飼育している馬にまで化粧の掛け物を配るなど、社会の隅々に「君が代(世)」の恩恵が行き渡っていることを詠んでみせる点であろう。こんなことも平和だからできる。「日本」と「君が代(世)」の句に託したものは、一茶が描く理想の国家像の具体的表現であることが分かるだろう。

そしてこうしたテーマは、

皇国古への道ハけわしきよき山の枝つき、おもし〔ろ〕き松の木の並ミ立るがごとし、異国の道ハ人の庭に枝を撓メ、葉をすかして作り立たる植木のごとし。造木もよけれども山の木のおのづからなるけしきには及ばず。

(「いろは別雑録」)

という異国の人工的造作に対して、「皇国古への道」の自然そのままの姿を理想視する一茶の感情がどこから生まれたかと言えば、西国の旅での長崎体験以外にはない。そこで見た異国情緒に対する違和感こそが原点であったと見てよいだろう。

しかし一茶は、五八歳を境に亡くなる六五歳までの七年間、「君が代(世)」を前句とする句を一切詠まなくなる。代わりに

大御世は火の字をも丶にけり　「八番日記」文政四年

大み代や灯ろ〔う〕を張る大納言　同　同

大御代や小村〳〵もとしの市　「文政句帖」文政七年

と「君が代(世)」と同じニュアンスの「大御代」という前句の句が三句あるのみである。ではなぜこれほどまで激減させてしまったのだろうか。

それは老衰のためではなく、一茶自身の心境に何らかの変化があったと考えられる。「君が代(世)」を口にできないほどの社会的変化が起こり、一茶をしても「君が代(世)」と詠むのを躊躇(ちゅうちょ)せざるを得ない状況が生じたとしか考えられない。もしそうだとすれば、それは一体なん

だったのだろうか。

世は末世

その点を考えるうえで「『文政句帖』文政七年一二月分草稿」の次の記事がヒントを与えてくれるだろう。そこには

ことしハ秋実のらざれば、世〔の〕中ざハざハしくそんぜう(騒擾)して黒悪党むらがりて、富民の家を焼却い□□(たし)とくよからぬ。ことし春ハ世〔の〕中立直ら□(せ)んとたのもしく待ほどに、(以下略)

という文章が認められている。この草稿記事の前後が翌文政八年(一八二五)に一茶が書いた「一茶自筆句集」の記事と同じなので、この文章が文政八年に書かれたと見ると、これは同年一二月一四日に信州松本藩領で起こった赤蓑騒動の情報を聞いた一茶の感想であろう。騒動の参加者が木の皮で編んだ赤色の蓑を着けていたのでそう呼ばれているが、この年は大凶作で米価があがり、領内の貧しい農民たちは飢餓直前の状態だった。その点で一茶は、「今年は久しぶりききん(飢饉)、めずらしいやらして、長沼など大騒ぎなれば」(「文政九年正月、梅

赤蓑騒動の役職・職業別打ちこわし数(軒)

	大庄屋	庄屋	組頭	米(穀)屋	酒造	麻	肴問屋	油屋	質屋	問屋	その他	不明
大町組	1	3	3	3	11	6	6	1	1		2	16
池田組	2	3	3	2	7				3		2	7
松川組		3	1		2							7
保高組	1	11	1	1	7			1		1		29
成相組		3	2		3			1				26
長尾組	2	1			2							7
	6	24	10	6	32	6	6	3	4	1	4	92

出典：『長野県史通史編第６巻』

堂あて書簡」)と見ていたので危機感を深めたことは間違いない。

赤蓑騒動とは、五日間にわたり松本藩領全域で領民が蜂起した一揆で、表のように、村役人をはじめさまざまな職種の在方商人の家や店が打ちこわされ、その数は九二軒にのぼった。参加した農民たちの要求は特産の麻の自由売買、麻・塩にかかる税金の免除、雑税の撤廃などだったが、これを彼らは藩側との交渉ではなく、打ちこわしという実力行使のみによって獲得しようとした。数千におよぶ打ちこわし勢のほとんどは、貧窮に追いやられた農民たちだった。彼らの村役人や豪農たちへの恨みからなる破壊力は大きく、しかも藩権力からの呼びかけを無視して打ちこわしのみによって要求を実現しようとしたので、「百姓一揆にあらず」と恐れられたのだった。

一茶は赤蓑騒動の情報をかなり摑んでいたと思う。そして「黒悪党」と呼ばれる参加者たちが、豪農層を次々と打ちこわす情報を得て愕然としたことだろう。春になれば立ち直るであろうと楽観的な観測をしているが、一茶にとって「百姓一揆にあらず」という、藩の立場を無視した闘いは、「君が代(世)」＝徳川の世界では想像できず、言葉も出なかったのではなかろうか。

周知のように一茶が生きた文化文政期は、一茶が詠んだ句のように、「春風の国」でもなければ、「桜咲く大日本ぞ」と謳歌できるほど安定した世の中でもなかった。その逆で百姓一揆や打ちこわしの頻発と社会不安は深まるばかりで、一茶自身も、道義も通らない世も末であると認識していたし、門弟の文路(ぶんろ)(長野の薬種商、一七七八～一八四三)あての書状の末尾に

敷島の道物騒なりと、定九郎でれば、是きりにして

(「文路あて書簡」文政七年一一月)

と吐露するほど深刻な事態に陥っていると認識していた。

今の日本は大変物騒な状況である。こんな時に『仮名手本忠臣蔵』五段目「山崎街道」の場に登場する放蕩無頼(ほうとうぶらい)な定九郎のような悪党が現れれば、もう終わりだとまで思いつめていたのである。

これが一茶最晩年の政治認識であるが、この間一茶は「日本」「君が代(世)」と自ら描く理

想社会を句に詠めば詠むほど、現実社会の間とのギャップを埋めなければならない事件に遭遇し苦悩する。それが文化四年(一八〇七)八月一九日の永代橋崩落事件である。一五〇〇人もの溺死者を出す大惨事だった。一茶は帰郷中で郷里でこの惨事を聞いた。そして次のような感想を認めた。

　こと国の人うらやむ程に世の中よく、米穀花にちらばいて、竹に鳴雀も酒盛して千代を諷ひ、門に立ましらも笑ひを作りて万歳を舞ふ。太山隠の松風も治れる世の声をしらべ、岩に〔生〕たる苔すらもうき／＼青みをまして、人の心のおのづから花になり行くものから、月見る月十九日といふ日は、富ケ岡八幡宮の祭りなりとて、賤しきもの、貴きものにおとらじとあくまで着粧つゝ、老たるを先立、幼を懐にして、青空めづらしく祝ひ粧ひ出立けるに、いかなる悪日にやありけん(以下略)　(「俳文拾遺」)

と、その文面は、異国の人が羨むほど平穏無事にその日を過ごしている国で、永代橋の崩落事件が起こるとは何事かという怒りに満ちている。そしてそのことは、一茶が思い描く理想社会ではあってはならない「悪日」の発生に愕然としていたことを物語っている。

世直し願望の表出

その後、そのあってはならない「悪日」が続々と起こり、一茶を苦しめることになる。ちょっとした凶作でも、米価の高騰で飢餓に瀕する貧農層は、米価の引き下げを求めて、米を買い占め米価をつり上げる悪徳商人の財産を破壊する行為に出るようになった。百姓一揆や打ちこわしの頻発である。ますます社会不安は増大していく。

それゆえ一茶にできることは、豊作で米価が安定し、貧しい農民も暮らしが成り立つことを祈るくらいしかない。そうすれば前年の飢餓に苦しんだ結果としての打ちこわしが起こらずに済む。そして一茶は、そうした願望を

世直しの竹よ小藪(やぶ)よ蟬時雨　「文化五・六年句日記」文化六年
そよ〳〵と世直し風やとぶ螢　同　文化六年
夕顔や世直し雨のさば〳〵と　同　文化六年

と句に託す。これらの句は一茶四七歳の時江戸で詠んだ句である。その前年(文化五年・一八〇八)に信州伊那郡の幕領などで大規模な打ちこわし(紙問屋騒動)が起こったという情報は江戸にまで伝わってきていた。「世直し」という物騒な言葉を、こともなげに句に詠み込んでしまう

大胆さに驚かされるが、詠んだ季節は、春から初夏なので、来る夏の暑さへの期待も込められているのだろう。

竹が混じった小藪から時雨の音のように大きな蝉の鳴き声が聞こえてくる。夕闇が迫る頃、涼しい風が吹きだす時刻になると、それに誘われて蛍の乱舞が始まる。大きな夕顔も夕立に当たって涼しげだ。これらは暑い夏のシンボルであり、秋の豊年満作の兆候だ。去年のように全国各地が大風雨に襲われて社会不安が増大してほしくない。世が直る、そうだ世直しの年になることを願う、と読むのであろう。

ところで一茶は世直しという言葉をどこで知り、なぜ句に詠み込んだのだろうか。世直しという言葉は、一八世紀後半に一般に使われだす。それは地震や雷など突然起こる天変地異のような、世の中が一変するほどの衝撃的な破壊現象を見て、人々は現実の政治や社会的抑圧から解放されたいという幻想を持ち、世の一新を願望する。そうしたときに浮上した言葉である。

たとえば文政二年(一八一九)に東海地方を襲った大地震の惨状を図録化した尾張藩士で絵師の高力猿猴庵(えんこうあん)(一七五五〜一八三一)が、その著作に「世直し草紙」と名づけたのが、その一例である。一茶自身も文政七年(一八二四)正月元旦に起こった地震の際、

世の中をゆり直すらん日の始

「文政句帖」文政七年

と詠んでいるように、猿猴庵と同じ感覚で世直しという言葉を理解していたと思われる。

ただもう一方で、そうした自然力に期待する世直しという表現が、政治や社会の閉塞状態が長く続き人々が強く変化を求めているとき、それを実現した行為を持ち上げる際にも使われるようになる。とくに天明四年(一七八四)三月二四日、権勢を誇る老中田沼意次の嫡子で若年寄の意知(おきとも)を恨んだ旗本佐野政言(まさこと)が江戸城内において刃傷事件を起こした。切腹を命じられた政言を、江戸の民衆が「世直し大明神」と祭り上げた事例がそうである。

さらに例を挙げると、重い年貢のほか商品作物への課税強化、特権商人らの収奪によって貧窮化し田畑を手放した貧農層などが、土地の均分化などを求めて自作農である本百姓に回帰しようとする闘いが頻発する。そのさい打ちこわしという実力行使に出て政治的一新を勝ち取ろうとした前述の「赤蓑騒動」には、体制を変革し世の中を変える世直しの思想が芽生えているとも言われている。

しかし一茶が「世直し」に託した願望はやや違う。その点を具体的事例に沿って見ておこう。文化一〇年(一八一三)一〇月一三日に、善光寺門前(長野市)で打ちこわしが起こり、一茶はその日の日記(「七番日記」)に、

十三日　晴　午刻雨　夜晴
於善光寺夜盗三百人計蜂起シテ、破富民二十三家、

と書き留めた。彼はその時、善光寺門前に近い長沼町（現長野市）に滞在していた。さっそく情報を集め、以下のような感想を持った。

十三日、晴。此の夜、善光寺にて、夜盗起り、手に〳〵鎗・山刀などもちて、富家を破りて物とりひしめき立ち、火など放ちければ、すはやとばかり人〴〵と町々をかためけるが、多勢に無勢ふせぎがたく、さん〴〵に打破りて、風の吹くやうに過ぎければ、曲者引とらへもならず、なるがまゝに任せけるとなん。

抑（そもそも）、かゝる事は稀有のことにして、中〳〵にあるまじく、人々おそろしがりて夜の目も眠らずといへり。

これ単に宝をうばう（ふ）盗人にもあらず、又遺恨をふくみて人を害するにもあらず。かゝる災の起りたるは、世のさまの悪しければ、魔王のたぐひの、ことさら世をみだらんとて、かくは起りつらん。よく〳〵心すべき事になん。

とく暮れよことしのやうな悪どしは　一茶

（「俳文拾遺」）

一茶は、善光寺門前町の貧しい町民たちが起こした米価値下げのための打ちこわし参加者を、当初は彼らを「夜盗」と思い、火をつけたような情報を真に受けたようだが、それは風説にすぎないことを知る。打ちこわしの目的が、「これ単に宝をうばう盗人にもあらず、又遺恨をふくみて人を害するにもあらず」とあると見抜いた。そして打ちこわしの原因は「世のさまの悪しければ、魔王のたぐひの、ことさら世をみだらんとて、かくは起りつらん」と「世のさまの悪しければ」＝社会の混迷にあることに気づく。

当時の善光寺門前町は、人口一万人を超し、門前町や宿場町の機能のほかに、地方経済の中心地としても栄え、さまざまな商品の集散地で商業都市化していたから、周辺の村落から移住してきて職にありついた貧しい雑業が多数を占めていた。彼らはちょっと米価が上がれば即座に生活に困り、米の安売りを求める運動に立ち上がったが、そうした窮状をよそに商人たちが売り惜しみなどをすれば、打ちこわしを起こす状況にあった。しかし打ちこわしの参加者はそうした悪徳商人を懲らしめる正義の闘いとして立ち上がるから、盗む、火をつける、殺すという悪徳行為を強く戒めあって結束し行動するので、暴徒化することはなかった。一茶はその事実を知って見方を改めたのである。

そして打ちこわしの情報を知った翌日には、町々が平穏に戻ったのを見て安心したのだが、

心の動揺は依然治まらなかったらしく、

今夜から世がやや鐘さへる　「七番日記」文化一〇年

と字足らずの意味不明な句を詠む。まもなくそれに気づいた一茶は、この句の真意を伝えるために、その年に編集した俳文集『志多良』に

今夜から世が直るやら鐘さへ(え)る　文化一〇年

と書き直して収めた。その頃善光寺門前町の貧民への救済が進み、町内の不穏な動きが収まり再発の心配がなくなったと安心した一茶は、「世が直る」ぞ、善光寺の澄みきった鐘の音が一段と冴えているではないかと詠んだのである。そして「ことしのやうな悪どし」が終わり、翌文化一一年正月になると、一茶は

世〔の〕中はどんど、直るどんど哉　「七番日記」文化一一年

と一月一五日の小正月に行われる行事「どんど焼」(左義長)の激しく燃え上がる火に託して、「世直り」の年になることを期待したのである。一茶は、善光寺門前町の打ちこわしをはじめて身近で経験した。そして打ちこわしは再びあってはならず、そうした状況からの一日も早い回復を願ったことがうかがえる。

その後も一茶の詠む世直しに関する句は

世直しの夕顔さきぬ花さきぬ　「七番日記」文化一〇年
世が直る〳〵と虫もをどり哉　「八番日記」文政四年

と一茶は、大きな夕顔、元気に飛び跳ねる虫はいずれも夏の好天がもたらす現象で、秋の豊作を予測し、「世直し」のシンボルであると見ている。こうしてみると、一茶の世直し観は、基本的には「世が直る」と受動的で、自然まかせであるが、一茶にとっては毎年起こる社会不安の連続のなかで、日常用語化していったようだ。文政八年(一八二五)三月、信州中野(現長野県中野市)で行った連句の会の席において、その発句を一茶が

世が直るなをるとでかい螢かな　一茶　「梅塵抄録本」文政八年

と詠むと、続く連衆の一巳が、

下手のはなしの夜はすずし　一巳

と続けた。いつも世が直るぞ、世直しがあるぞ、なんてことを気負って喋(しゃべ)る男がいるが、そんな下手な政治談議も団扇(うちわ)の風のようにちょっとは涼しいかと読むのだろうが、その男こそ一茶自身の姿であろう。ただその一方で一茶は

末世でも珠数(数珠)のなる木や道明寺　「文政句帖」文政六年
末世とてかたづけがたし虎が雨　同　文政七年
末世でも神の国ぞよ虎〔が〕雨　同　文政八年

と、いくら末世でも、まだ望みがあると期待する。どんな世の中になっても、「この寺に数珠玉のなる木あり」という謡曲「道明寺」の故事を引用して復活を期待し、五月二八日には、遊女虎御前が愛する曽我十郎の死を悲しみ流した涙が雨になったという『曽我物語』の故事にち

なんで毎年雨が降ってくれるはずだ、やはり日本は神国だと希望を持ち続けていたのである。

養蚕・製糸業と「買食の者」の増大

では一茶が生きた文化文政期になると、なぜ信州の各地で百姓一揆や打ちこわしが頻繁に起こりだしたのだろうか。そしてなにが原因か一茶は知っていたのだろうか。

もし一茶が気づいていたとすれば、毎年三月、江戸の風物詩にまでなった年季奉公人の交代日である出代の奉公人の数が減少しだし、なかでも働き盛りの男女の数が減り、子どもと老人の年季奉公人がやたらと目立ちだしたことにであろう。そして時折帰郷する際、通過する信州の村々の景観が大きく変わりだしたことも感じとっていたかも知れない。

信州地方の幕領や諸藩領では、すごい数の年季

柏原村の奉公人の数(人)

	他所稼ぎ	入稼ぎ
1797(寛政 9)	32	39
1817(文化 14)	5	25
1826(文政 9)	11	20
1841(天保 12)	68	
1843(〃 14)	71	40
1844(弘化 1)	52	34
1846(〃 3)	42	39
1848(嘉永 1)	40	41
1850(〃 3)	40	43
1852(〃 5)	39	51
1854(安政 1)	39	53
1856(〃 3)	36	56
1860(万延 1)	31	64
1864(元治 1)	32	34

注：他所稼ぎは村を出て奉公をする者，入稼ぎは他村の者が柏原村内で奉公をする場合であるが，村内の者の奉公も含まれている．
出典：『柏原町区誌』

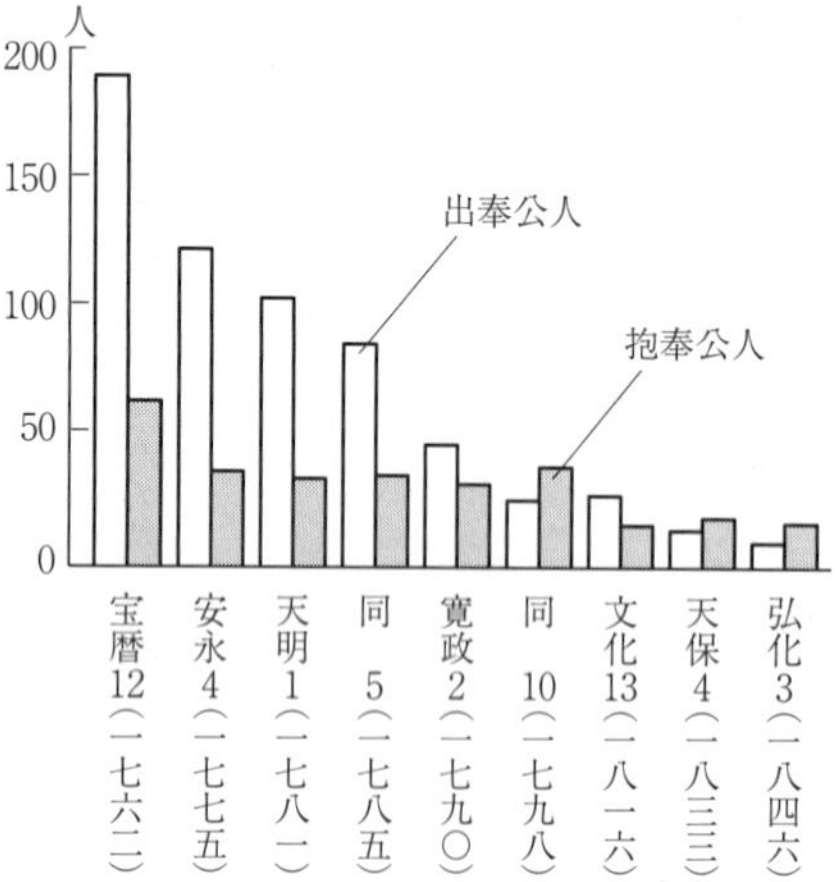

出典：『長野県史通史編第6巻』

松本藩領上野組の出奉公人と抱え奉公人

奉公人が他所へ稼ぎに出るし、他所より帰村したり、やってくる人もかなりの数にのぼるので、毎年村人の出入りに関する調査報告の提出を求めている。その控えが村に残されているところがある。表は、一茶の故郷柏原村の「出人入人幷増減帳」を集計したもので、一茶が故郷に帰った頃は、それまで三〇人台だったのが、一〇人以下に激減し、一茶の死後天保期以降再び増加に転じて四〇人台まで回復する。そして他所稼ぎのほとんどが江戸であったが、四〇人台に復活した後は江戸への奉公より近隣の村々への奉公が増えている。

この傾向は信州全域で見られ、たとえば松本藩領安曇郡南部の上野組の場合は図のようになり、一九世紀に入ると激減することが分かる。

ではなぜ江戸への年季奉公が減りだしたのだろうか。その要因の一つに、信州の村落に養蚕業など新たな産業が起こったことが挙げられよう。これまで百姓たちは江戸奉公で稼いだ賃金を豪農たちに支払うことで、質入れした田畑を取り戻して百姓経営を行っていた。しかし村役人や豪農などが、養蚕業に投資して巨利を得て、その利益で田畑を買い占め地主化すると、田畑を手放した多くの百姓たちは豪農の小作人として永続的に雇われることになり、江戸奉公へ出る意欲をなくしてしまったのである。そうすると食い扶持（ぶち）を減らすために老人・子どもだけが出て行くことになる。しかしそれでも百姓たちは高い小作料で縛られるので、冬季稼ぎに出て家計を補わざるを得なかったから江戸への季節限定の出稼ぎ人の数も減ることはなかった。

こうした村落における貧富の差の拡大に拍車を掛けたのが、養蚕業と製糸業の急速な発達であった。一茶はその光景を江戸と故郷への往復や門弟たちへの巡回の際に目の当たりにする。

秋風やつみ残されし桑の葉に　「七番日記」文政元年
桑の木は坊主（ぼうず）にされてけしの花　「八番日記」文政三年
桑の木は坊主（ぼうず）にされてかんこ鳥　「文政句帖」文政五年

これらの句から読み取れるのは、桑が養蚕業にとってなくてはならない樹木であったことである。貞享二年（一六八五）に幕府が白糸の輸入を制限して以来、諸藩は桑の栽培を奨励した。

信州の村でもいたるところに桑の木が植え付けられ、文化文政期には山の頂上まで桑だらけという村も生まれた。その桑の木が丸裸にされるほど殺風景な光景が広がる。摘み残された桑の葉に秋風が吹くのを見て、桑摘み仕事の猛烈さが思い出されてならないと詠んでいる。

これほど桑の需要があるということは、養蚕業が信州の村々のもっとも重要な産業になっていて、蚕(かいこ)の生育の良し悪しが家計を左右しだしていることを物語る。それを一茶の句で証明しよう。

細腕に桑の葉しごく雨夜哉　「享和句帖」享和三年
さまづけに育(そだて)られたる蚕哉　「七番日記」文政元年
たのもしや棚(たな)の蚕も喰盛(くひざかり)　同　同
人並に棚の蚕も昼寝哉　同　同
村中にきげんとらるゝ蚕哉　同　同
家(や)うちして夜食あてがふ蚕哉　同　同
門〳〵に青し蚕の屎(くそ)の山　「文政句帖」文政七年

雨の夜に摘んできた桑の木から葉をそぎ落とす作業は女性たちの仕事である。そして蚕の飼育には神経をとがらせる。家中が寝ずの番である。桑を食べる騒がしい音が途絶えて一休みするとほっとする。そんなにしてまでお蚕様お蚕様と呼び村中の人々に機嫌をとられながらの飼育は尋常ではない。ようやく蚕の飼育が終わり家々が後片付けに入ると、どこの農家の門前にも青色の蚕の糞が山のように積まれる。そしてざわざわした音が消えて普通の村に戻る。これらの句はそんな光景を詠んでいる。

こうして養蚕業は「天地黒白の違い」(「見聞集録」)と驚かれるほどの変化を村の暮らしにもたらした。信州の山村ですら「人気活達之自由を得て、金銭等も土砂瓦石の如く取扱」(同)うように金銭が流れ込んできて、すべてが豊かになった。それは一茶が

日の本や金も子をうむ御代の春　「文政句帖」文政七年

と皮肉ったように、幕府のたび重なる貨幣の悪貨鋳造によるインフレ政策によって豊かさに拍車が掛かり、どこの家も掘っ立て小屋から礎石の上に柱の立つ家屋に住めるようになっただけでなく、白壁の土蔵を二軒も三軒も持つような農民が続々と出現するようになった。

こうなるともう江戸まで出かけなくとも働き先は、村や村の近隣に生まれる。しかし、このお蚕景気で全村民が潤(うるお)ったわけではない。前述したようにこれまで貯えてきた財力に物を言わ

せて、養蚕業をはじめ製糸業にも資金を投下し、さらに藩権力や城下町の有力商人と手を組み、繭の売買から生糸流通にまで進出して巨富を手にする村役人や豪農層は、村内外の田畑を所有し巨大地主化の道を歩む。当然そこには、「有徳人一人あればその辺に困窮の百姓二十人も三十人も出来」(『世事見聞録』二の巻、百姓の部)と、田畑を手放し小作人化した貧農層が多数生まれだす。

こうした貧農層は、田畑を小作するだけでは生計が成り立たない。そこで養蚕・製糸業や流通・運輸産業に雇われ賃金を得る。そしてその賃金で食品をはじめ消費物資のほとんどを購入するので、当時「買食いの者」と呼ばれ、村のなかでも米を購入し消費する層が増えていった。産業が順調に発達している間は良いが、凶作などで米不足となり米価が高騰すれば、即座に困窮し米価の引き下げを求め、それが拒絶されれば打ちこわしに立ち上がる。その際打ちこわしの対象は、米価を引き下げない米穀商だけでなく、自分たちを小作人に追いやった豪農や地主にも向けられたので、闘いは全領へと広がり社会不安が深刻さを増大する。

一茶が回村し句会を催す門弟たちの多くは、こうして富を貯えた村役人や地主・豪農層である。彼らが住む豪壮な母屋と数棟の土蔵、そして屋敷地の周りを囲む白壁のある家屋敷は、村を一望出来る高台に建てられていることが多く、村人たちの羨望の的でもあり、高い小作料を取られている貧しい農民には恨みの的でもある。一茶はそんな農民たちの気持ちも理解できた。

白壁の里見くだしてかんこ鳥　「七番日記」文化九年

白壁のそしられつゝもかすみけり　「八番日記」文政二年

村の小高い地主の家と土蔵、それを取り囲む長い白壁は、村民たちを見下しているお城のように見える。しかし村の農民たちのほとんどは冬季稼ぎで留守なので、誰を見下しているのか分からない。閑古鳥が鳴いているようで、なんとも虚しい光景だねと言いたかったのだろう。またあれが強欲な地主の家だと、小作人らからいつも誹られている白壁の塀は、それを知ってか霞んで見えないように佇んでいる。白壁も小作人たちの誹りや悲痛な声が気になるのだろうか、と読むのだろう。

6 北方への関心、差別への眼差し

蝦夷地への関心

ロシア使節ラックスマンが帰国してから幕府は、急速に蝦夷地の防衛に乗り出したことは先に述べた。そして派遣した大調査団の報告に従って東蝦夷地の一部を試験的に幕府の直轄下に置き、新たに設けた蝦夷地御用掛(ごようがかり)の下で蝦夷地経営を開始したが、享和二年(一八〇二)には、蝦夷地奉行(ぶぎょう)(すぐ箱館奉行と改名)を置いて永久直轄化を決定した。

その広大な蝦夷地の安全を確保できるか否かは、先住民のアイヌの動向に関わっていた。幕府がもっとも恐れたのは、アイヌがロシア人と接触することによって「やゝも仕り候へば赤人に情を通じ」(「休明光記」)てキリシタン化することだった。

そのため幕府は、アイヌの和人化をめざした。具体的にはアイヌに和人語を使用させ、肉食を禁止して穀物食を奨励した。そして名前を和人名に改めさせるとともに、仏教と神道の信仰を強制したのである。

この和人化政策はいち早く実行に移され、仏教布教のために蝦夷地に幕府管轄の官寺の創建が進められた。時の老中牧野忠精(ただきよ)は寺院を選ぶに当たって、過去に幕府権力に対抗した歴史を持つ一向宗や日蓮宗を排除し、幕府ゆかりの寺院から選ぶこととし、将軍家菩提所の寛永寺(天台宗)、増上寺(浄土宗)、そして禅寺諸流を統括する南禅寺金地院(こんちいん)(臨済宗)の末寺から住職を

選ぶことにした。こうして選ばれた寺院は

シャマニ（様　似）　天台宗　等澍院　本山　寛永寺
ウ　ス（有珠山）　浄土宗　善光寺　本山　増上寺
アッケシ（厚　岸）　臨済宗　国泰寺　本山　金地院

の三寺で、東蝦夷地の沿岸に置かれ三官寺と呼ばれた。文化元年（一八〇四）六月、三官寺の住職は将軍にお目見えし、多額の蝦夷地入用金が支給されて現地に入り布教を開始した。こうして東蝦夷地に忽然と創建された三官寺は、死人の回向とアイヌの教化を開始した。

そしてカムチャツカ半島に帰ったレザノフの命によるロシア海軍の蝦夷地沿岸への攻撃が開始され、日露関係の緊張が一挙に高まると、すでに警備についていた津軽・南部両藩に対しては増兵を、庄内・会津藩へは出兵を命じた。そして文化四年（一八〇七）、幕府は東西蝦夷地のすべてを幕府直轄地とする指令を発し、旧領主松前氏を奥州伊達郡梁川（やながわ）（現福島県伊達市）に移封し、奉行所も箱館から松前に移し万全の防備体制を構築することになった。

このような情報は逐一江戸にもたらされた。当然、一茶の耳にも入った。そしてこんな反応をした。

御仏(み)やえぞが島へも御誕生　「七番日記」文化八年

おくゑ(え)ぞや仏法わたる花も咲　「株番」文化九年

花さけや仏法わたるえぞが島　「七番日記」文化九年

仏教文化が蝦夷地にまで広がり、未開の地の人々が開化されていくと素直に喜んでいたことが読み取れる。三官寺の布教の広まりについて、一茶にかなりの情報がもたらされていたのだろう。

しかし三官寺で行われた仏教行事は、蝦夷地の安泰祈禱であり、増大する和人住者の死者の葬送が中心であったので、アイヌがどこまで仏教に帰依したのか判然としない。また当時、蝦夷地の調査・開拓に従事していた近藤重蔵が、徳川家康を神とする東照宮信仰を広め蝦夷地に神道を根づかせようとしたが、それも思うように広まらなかった。

一茶の蝦夷地への関心は、その後、松前藩に代わって支配を行う幕府が、蝦夷地でいかなる政治を行っているかに向いていく。幕府はそれまで松前藩が行ってきたアイヌの漁場での交易権を近江商人らの商業資本に委ねる場所請負制を廃止して、幕府自身が直接交易に関わる方式に切り替えた。そして蝦夷地の開発を進めるとともに、食料品の供給や蝦夷地の産物の売買を幕府の息のかかった商人らに委ねた。こうして蝦夷地の開発や交易を求めて江戸などから、あらたな商業資本が続々と進出してきた。この結果、アイヌは自分たちの生産の場である漁場を脅かされることになり、漁場や居住地を離れて漁業労働者化していった。

文化八年(一八一一)に起こった、ロシア軍艦艦長ゴローヴニンが捕らえられ、その報復で日本人船頭の高田屋嘉兵衛(かへえ)がロシア側に捕らえられた事件(ゴローヴニン事件)も、二年後に無事解決して日露関係が一挙に緩和し平穏に戻ったことを確認すると、文政四年(一八二一)一二月、旧松前藩主の裏工作が効いたのか、幕府は蝦夷地全領を松前氏に戻すこととなった。

しかし松前氏の復帰は、蝦夷地に生きるアイヌにとってさらなる受難の時代の到来以外のなにものでもなかった。松前氏は幕府に倣って蝦夷地全域を藩主が直轄支配し、アイヌの生産・交易の場(商場という)の経営権を和人商人に委ねる場所請負制を、全蝦夷地に拡大する方式へと切り替えた。この結果、請負期間の半永久化が進み、いつしか請負商人の私領化現象が起こり、アイヌは完全に漁業労働者化する。こうしてアイヌ社会の衰退化は一段と早まっていった。

一茶は、幕府が東西蝦夷地から撤退するという情報を、故郷の柏原で入手した。おそらくそれは翌文政五年(一八二二)のことであろう。そこで一茶は、これまで入手していた蝦夷地情報から次のような句をたて続けに詠んだ。

江戸風を吹かせて行や蝦夷が島　「文政句帖」文政五年
来て見ればこちらが鬼也蝦夷が島　同　同
商人やうそ〔を〕うつしに蝦夷が島　同　同
銭金をしらぬ島さへ秋の暮　同　同
人の吹く霧もかすむやえぞが島　同　文政五年
人の吹く霧も寒いぞえぞが島　同　同

幕府による東西蝦夷地直轄の下で何が起きていたのか。蝦夷地の先住民がアイヌということも知らなかった一茶は次のような怒りを句にしている。江戸風を吹かせて蝦夷地へ行った商人たちのほうがよっぽどひどいじゃないか。嘘で固めた商法で先住民を誑かして利益を得るなんて許せない。金銭の存在さえ知らない素朴な人の住む蝦夷地ももうこれで終わりか、秋の暮のようだ。もっときびしい苦難の冬がやってくるだろう、とアイヌの気持ちを代弁している。

では誰が情報源か。文政三年(一八二〇)一〇月に詠んだ次の句がヒントを与えてくれる。

芭蕉忌やえぞにもこんな松の月　「八番日記」文政三年

この句は、今日は芭蕉忌(一〇月一二日)の夜だ、蝦夷地でもすてきな松の間から月が見えるのかな、と読むのだろう。問題は一茶はなぜ芭蕉忌という記念日に蝦夷地へ思いを馳せたのだろうかということである。じつはこの句が再録された天保四年(一八三三)刊の「一茶発句鈔追加」には「乙二など彼の地にあれば」という前書が添えられている。つまりこの句は文政二年から三年にかけて蝦夷地を漂泊して箱館にいた松窓乙二(一七五五～一八二三)を想い詠んだものだったのだ。乙二とは成美が主宰する随斎会でしばしば同席した仲であった。その乙二は友人である松前藩の家老であり絵師としても活躍した蠣崎波響(かきざきはきょう)に請われて、文化年間から文政初期にかけて蝦夷地に滞在し、松前藩蝦夷地復帰運動に加わっていたことから、蝦夷地での江戸商人らの悪評を一茶に伝えたと考えられる。

そうだとすれば、松前贔屓の乙二の情報を鵜呑みにした感が無きにしもあらずだが、その点を差し引いても、弱者目線の一茶から見れば、江戸風の商人たちの悪徳行為は許しがたいものに映ったに違いない。

差別への眼差し

一茶は、大道芸人など社会の艱難(かんなん)に喘ぐ弱者たちの暮らしぶりも他人事とは思えなかった。だから傍観者的視線で彼らを見ることがない。たとえば、歳末から新年にかけて、二～三人一組で、赤絹で顔を覆い、特異な扮装をして、家の門前で「せきぞろござれや」などと囃しながら歌い踊り、新春の祝言を述べて米銭を乞い歩く節季候に対しても関心を持っていた。一茶は木枯らしが吹いて寒さが一段ときびしくなり、しかも師走という短い期間だけが稼ぎ時というせわしさが醸し出す節季候独特の行動に強い視線をそそいだ。たとえばこんな句がある。

せき候に負ぬや門のむら雀　「八番日記」文政三年

という句は、芭蕉の

節季候の雀のわらふ出立かな　「深川集」元禄五年

という句を意識して詠んだ句であろう。しかし、節季候の異様な出立を笑うかのように雀が鳴き騒いでいる光景に関心を示す芭蕉に対して、門の群雀よ節季候が歌う声に負けないで大きな声で鳴けよという一茶の句を比較すると、二人の節季候に対する見方の違いが鮮明になるだろう。芭蕉の句には節季候が雀にさえ笑われる非人身分の仕事という差別感が見られるが、一茶の句にそれはほとんどない。あえてあげれば

鵲令（鶺鴒）の尻ではやすやせ〔つ〕き候　「七番日記」文政元年

という句くらいであろう。

それは一茶が詠んだ五七にのぼる節季候に関する句のほとんどに共通する。だから服装の特異性には一切触れることがないから、節季候が非人身分だと即座に読み取れる句は一つもない。それよりも厳冬の師走の町の中を来る春に期待をこめて懸命に踊る節季候の姿に共感する。いくつか紹介しておこう。

節季候（せきぞろ）の見むきもせぬや角田川　「文化句帖」文化三年

せき候や七尺去て小せき候　「七番日記」文化九年

節季候を女もす也それも御代　同　文化一〇年

えどの世は女もす也節き候　同　文政元年

門口や上手に辷る節季候　同　同

子の真似を親もする也せつきぞろ　「八番日記」文政二年

町中をよい年をしてせつき候　同　同

せき候やよい年をして画どり顔　　同　文政三年
せき候も三弦(さみせん)にのる都哉　　同　同
から風やしかもしらふのせつき候　　同　文政四年
三絃でせきぞろするや今浮世　　同　同
三絃は妻に引(ひか)せてせつき候　　「文政句帖」文政七年

紹介した句のうち、文化二年(一八〇五)の句を除けば、全部が故郷柏原に帰ってから詠んだ句である。しかもそのすべてが師走か、師走に近い一〇月、一一月に詠まれたものである。一茶は江戸を離れても年末になると、街頭に出る雑芸人節季候の姿を思い出し、その何人かの集団が家族ぐるみで働いていること、とくに女性が加わったことや、笛太鼓のほかに三味線で囃すようになったことに時代の流れを感じる。そして木枯らしが吹いても体を温める術もなく、幾つになっても踊り歩く老人の節季候の姿を見て雑芸人の暮らしのきびしさを思い出す。そこには差別された人々への同情はない。見えるのは社会の底辺にありながら懸命に生きる人々への共感である。

一茶の句を読んでいて驚くのは、さらに次のような句がしばしば詠われている点である。

穢太町に見おとされたる幟哉　「享和句帖」享和三年
穢多町も夜はうつくしき砧哉　「文化句帖」文化元年
金のなる木のめはりけり穢太が家　同　文化二年
えた寺の桜まじ〳〵咲にけり　「七番日記」文化七年
ゑた村や山時鳥ほと、ぎす　同　文化八年
涼しさに夜はゑた村でなかりけり　同　文化一三年
正月やゑたの玄関も梅の花　同　文政元年
くはう〔わ〕〳〵と穢太〔多〕が家尻の清水哉　「八番日記」文政二年
ゑた村〔の〕御講幟やお霜月　同　文政三年
穢〔多〕村や男日でりのむら若葉　同　文政四年
穢太らが家の尻より蓮の花　「文政句帖」文政五年

と一茶の視点は被差別部落に生きる人々の世界にまで及ぶ。四一歳から六〇歳まで、年齢にかかわらず万遍なくこうした句を詠んでいることからも、一茶が差別された身分の人々の世界をいつも気にかけていたことが分かるだろう。

しかし句に詠み込まれた被差別部落の光景からは、一茶なりの差別意識も読み取れる。特定の先入観を持って特別な目で見ていると言ってよいだろう。彼らが貧しい生活を強いられていることは、町外れに暮らしていることから一見してそれと分かる。しかし自然の営みは、そんな所へも平等に息づいていると詠むところが一茶らしい。そしてそんな世界にも、勢いよく鯉幟が泳いでいるし、夜になれば、布を和らげ艶出しするために布を打つ、美しい砧の音が聞こえてくる。どこの町でもある暮らしの光景にほっとしたのであろう。

反骨と滑稽と

一茶の目線は低い。その低さから上を見ると、時に滑稽に思えてしまうことがある。とくに政治的、社会的に地位の高い大名や坊主らのちょっとした仕草さに滑稽味を感じ、句に詠むことがしばしばあった。こんな句がある。

花の世や出家士諸あき人(商)　「文政句帖」文政五年

要するに自分が生きている「花の世」と呼ばれる文化文政期のなかで泰平の世を謳歌しているのは僧侶と武士と商人であって、農民は論外だと言いたいのだろう。そうすると、一茶の目は、大名や僧侶に向けられる。彼らは参勤交代の大名行列や参詣、法要など直接出会う身近な存在だったからである。

僧正(そうじやう)が野(の)糞(ぐそ)遊ばす日傘哉　「文化句帖」文化元年
大名の凧も悪口言れけり　「七番日記」文化一三年
僧正の天窓(あたま)で折し氷柱哉　同　同
反古凧や隣は前田加賀守　同　同
むつどの、凧とくらべて自慢哉　同　同
負てから大名の菊としられけり　同　文化一四年
大名は濡(ぬ)れ〔て〕通るを巨燵哉　同　同
僧正も榾火仲間の坐とり哉　同　同
大名の一番立(いちばんだち)のほた火哉　「八番日記」文政二年
づ(ず)ぶ濡〔れ〕の大名を見る巨燵哉　同　文政三年
大名の花火そしるや江戸の口　同　文政四年
としとるは大名とても旅宿哉　「文政句帖」文政五年
大名と肩並べけりきくの花　同　文政六年
大名を馬からおろす桜哉　同　文政七年

僧正の頭の上や蝿つるむ　　同　　文政八年

これらの句から読み取れるのは、一茶の権力や権威に対する反骨精神である。大名や僧正という権力や権威に対して持っている恐れや畏敬の念が崩れるとき、それが嘲笑となって滑稽味ある句として表現される。

その点で庶民の目前に現れることのない将軍は別として、加賀百万石も同じく嘲笑の対象だった。一茶は参勤交代で時折北国街道を利用する加賀藩や支藩の一族の行列を垣間見ることがあったためか大名行列を詠んだ句も多い。なかでも文化一四年（一八一七）一一月と文政三年（一八二〇）一〇月、雨に濡れても行列を続けなければならない大名の姿を詠んだ句は、武士が持つ権威を一茶なりに揶揄したものと言えるだろう。しかし外様大名の普通参勤交代は四月が慣例で、天保年間（一八三〇〜四三）以降、柏原宿に宿泊した大名では一〇月や一一月に宿泊したという例が一、二あるが、おそらくそれは臨時帰国の際の行列であろう。そうでないとすれば、一茶が炬燵の中で大名も人並みだと思いたいために詠った句ということとなる。

庶民の権力や権威に対するこうした感情は、一人一茶だけのものではない。じつは文化文政期の庶民の多くが持っていた感情でもあった。この点について、今なお日本の象徴として多くの人々から愛されている富士山を題材にしてもう少し見てみよう。

一茶と同時代に生きた浮世絵師に葛飾北斎(一七六〇〜一八四九)がいる。その代表作『富嶽三十六景』は一茶の死後まもない天保二年(一八三一)に江戸で刊行され大評判をとった。それは雄大な富士の姿を描いた二枚(「凱風快晴」・「山下白雨」)を除いて、画面のほぼ中央にごく小さな富士が描かれた風景版画であるが、これまで最高峰でしかも優美な姿態なるがゆえに、神山として画面の中央に描かれてきた富士画の常識を破った絵画として大きな反響を呼んだ。一茶はそれを見ることなくこの世を去ったが、生前富士山についてこんな句を詠んでいる。

なの花のとつぱづれ也ふじの山　「七番日記」文化九年
夕不二に尻を並べてなく蛙　同　同
ちよんぼりと不二の小脇の柳哉　同　文化一一年

「菜の花」の句を画面に描いてみよう。そのまま北斎が描く『富嶽三十六景』の光景になるだろう。そして「夕不二」もまた、蛙が数匹富士山に尻を向けて鳴いている光景を思い浮かべれば、これまた北斎の世界に近い。これまでの伝統的な美意識の常識を破る構図に、一茶と北斎には同時代人として感性の共通性を感じるのは私だけではないだろう。

三峰の頂上を持つ富士を画面の中央に大きく描くという富士画の伝統は、一八世紀半ばに生まれた新興絵画である文人画や洋風画の画家たちにも引き継がれ、そのうえで自然のなかに富士を描くという手法がとられるようになるが、依然として富士が中心の絵画であることには変わりはなかった。北斎は富士画の伝統を超えて、村、海、そして町場など人間の営みの世界のなかに、社会と自然に溶け合った富士の美しさを描いてみせた。それが一茶のような富士観を持つ文化文政期に生きる人々に共感された理由であるが、じつは伝統を一新したのではない。

北斎が描いた、大きな波間で小舟を漕ぐ、あの「神奈川沖浪裏」においても、いかに小さく描かれているとは言え、富士は画面の中央に厳然と鎮座しているのである。その構図はやや位置がずれているとは言え、他の絵でも同じである。富士へ畏敬の念は持ち合わせていたのである。

その点は一茶も同じである。江戸やその周辺に生きる人々にとって富士は無くてならない存在であり、一茶が四季折々の世界を詠む時、富士は主役であった。

むさしのは不二と鰹に夜が明ぬ　　「七番日記」文化九年

江戸の人々にとって富士山がいかに大切かをこの句は表しているのである。

7　老いの生と性

信州の一茶へ

一茶は四〇代半ばを迎える頃、江戸に別れを告げようかと思うようになる。その頃信州の村々でも俳諧が盛んに行われるようになっていて、自分も「江戸の一茶」として田舎の俳諧師からも一目置かれるようになり、なんとか食べていけるのではという打算も働いたのだろう。

そこで四五歳になった文化四年（一八〇七）、一茶は、三九歳の時に亡くなった父弥五兵衛が彼に与えた遺言状を証拠に、継母との間で財産分与の争いを起こし、故郷に安住の地を確保しようとした。そのため一茶はそれ以後しばしば帰郷し、江戸との往復は六回にも及んだ。

しかし継母と義弟が汗水流して田畑を増やしてきた事実や、二人の勤勉な生活ぶりを見てきた村人には、一茶の勝手な願望を素直に受け入れる余地はなかった。一茶は帰郷のつど、村人から冷たい視線を浴びせられた。それは、

雪の日や古郷人（ふるさとびと）もぶあしらひ　「文化句帖」文化四年
心からしなの丶の雪に降られけり　同　同
古郷（ふるさと）やよるも障（さは）〔る〕も茨の花　「七番日記」文化七年

という句を詠むほどきびしい交渉だった。一一月の雪深い故郷に戻って遺産相続の話を出せば、村人たちからはまったく相手にされない。心の底から信濃の重い雪に降られたように疲れるが、それを覚悟でまた交渉のために故郷へ向かう。そういう自分を、村人たちは寄ってたかって非難する。それは茨のように刺々(とげとげ)しく感じるほどだ、と詠む。

さらに一茶は

正夢や春早々の貧乏神　「七番日記」文化八年

と初夢に出てくるのは、今年も貧乏神であるというきびしい状況を句に詠み込む。しかし足場のない遊民暮らしの怖さを知り尽くしていた一茶はめげなかった。また帰郷のたびに

寝にくても生在所(うまれざいしょ)の草の花　「連句稿裏書」文化四年

と、寝付かれなくともやはり故郷は良い所だとつくづく思い、執念深く交渉を続けた。

一茶はこうして文化九年(一八一二)、五〇歳で故郷に戻った。そして翌年ついに自己の信念を貫き、遺産の分割を勝ち取る。その時の心境を晩年、

証文が物をいふぞよとしの暮（くれ）　「文政句帖」文政七年

と亡き父から貰った遺産相続の証文が、最後は物を言ったのだと述懐している。しかし即座に村社会の一員になれるほど甘くはない。村人は醜（みにく）い争いを決して忘れなかった。いつまで経っても、

古郷は小意地の悪い時雨哉　「八番日記」文政四年

と、周囲から刺々しい目で見られ、文人風情の服装で出歩けば、

人誹（そし）る会が立（たつ）なり冬籠　「文政句帖」文政六年

と、ああまた遊民の一茶が通るぞ、米も作らず畑も耕さない、とんでもねえ野郎だと陰口を叩かれ、長い冬の退屈しのぎの話題にされる。そんな声が背後から聞こえてくる。

　こうなると憎しみはすべて、発端となった継母へ向けられる。ますます憎悪が募りだし、自

分の生涯がうまくいかないのはすべて継母のせいだと思うようになっていったが、そんな立場をアピールしながら一茶は、せっせと句を詠み俳諧師の道を歩んでいった。

五〇歳の帰郷後に、江戸の成美に添削を求めた、

是がまあつひの死所かよ雪五尺

（夏目成美が「栖」と添削）　「句帖消息」文化九年

という句は、俺は「信州の一茶」になり切るという決意表明だった。そして信州北部の俳諧師の家々回りを開始し、句会を開き、なんとか生きていけると確信するようになった。

そんな時、五二歳で親子ほども年齢の違う二八歳の菊女と結婚し家族を持つことになる。よほどうれしかったのであろう、結婚二年目の正月になっても

こんな身も拾ふ神ありて花〔の〕春

「七番日記」文化一三年

と、相変わらずのろけを詠むような浮かれ気分だった。相続争いであれほど村人に嫌われたのに、そんな男でも好いてくれる女性がいる。新春から花が咲いたような気分だと、喜びを爆発

させた。一番求めてやまなかった家庭の温かさを手に入れたのである。

こうして一茶は、一時江戸へ戻り、江戸俳壇を離れる惜別記念句集『三韓人』を刊行する。そこには宗匠成美をはじめ一九ヶ国から二四二人もの俳諧師が句を寄せてくれた。それは一茶が予想した以上の数だったと思われる。彼らの多くは伊予の樗堂らこれまで交遊のあった俳諧師だったが、帰郷前年から開始していた「随斎筆紀　抜書」の書写に合わせて、句集の交換を始めたばかりの俳諧師が句を寄せてくれたことも大きな自信となった。郷里信州に戻っても交遊を続けてくれるという証明であったからである。一茶は最後に『一韓人』という句集の刊行予告の下に「信州　俳諧寺一茶」と書き添えた。俺はこれから「信州の一茶」で生きていくということを全国の俳諧師に向けて宣言したことを意味する。

荒凡夫一茶

老が世に桃太郎も出よ桃の花
「七番日記」文化一三年

一茶が何よりも優先したのが子宝に恵まれることだった。「菊女帰、夜五交」などと「七番日記」に見える菊女との赤裸々な性生活の回数や精力剤の収集に奔走する記述は、まさに、

一茶の子どもたち

	生没年	死因
長男　千太郎	文化 13 年 4 月 14 日 — 文化 13 年 5 月 11 日	発育不全
長女　さと	文政 元 年 5 月 4 日 — 文政 2 年 6 月 21 日	天然痘
二男　石太郎	文政 3 年 10 月 5 日 — 文政 4 年 1 月 11 日	事　故
三男　金三郎	文政 5 年 3 月 10 日 — 文政 6 年 12 月 21 日	栄養失調
次女　やた	文政 11 年 4 月 — 明治 6 年 9 月	

出典：矢羽勝幸『小林一茶──人と文学』

という子ども欲しさからの行為であった。しかし表に見るように、生まれてくる子どもたちは、幼くして次々と世を去ってしまい、温かい家庭生活という夢はついに実現しなかった。

そのうえ一茶は、婚前からすでに

かすむやら目が霞（かすむ）やらことしから

「七番日記」文化一〇年

鉄釘（かなくぎ）のやうな手足を秋の風

「句稿消息」文化九〜一三年

という状態だった。いまで言う白内障と軽い脳梗塞を患いだしていたのである。手足が不自由になりだす。その症状はさらに進み

老たる哉

榎（えのき）迄ことしは行かず雪礫

「七番日記」文化一四年

と、雪が積もりだした頃、毎年試みてきた雪投げは、今年はついに家の前の榎(えのき)までにも届かなかった。まさに「老たる哉」を実感する。冬が近づき寒さが増してくると今度は、

夜の霜しん〳〵耳は蟬の声　　　　「八番日記」文政四年

と高血圧の症状が重くなり、「蟬の声」＝耳鳴りで眠れない夜が続く。だから文政二年（一八一九）五月に生まれた長女さとが二歳になって

這(は)へ笑へ二ツになるぞけさからは　　　　「八番日記」文政元年

と喜んでも、自分の体を考えれば

目出度(めでた)さもちう位也(くらゐなり)おらが春　　　　「おらが春」文政二年
ともかくもあなた任せのとしの暮　　　　同　　　同

と、五七歳の正月はめでたさもほどほどであり、さらにその可愛いがったさとが六月に亡くなってしまえば、勝手にしやがれと自暴自棄になる。そしてそんな俺の不幸もみな

きりつぼ(桐壺)、源氏も三ツのとし、度(我)も三ツ〔の〕とし、母〔に〕捨られたれど

孤(みなしご)の我は光らぬ螢かな

「八番日記」文政三年

と、そんな思いを、幼くして母と死別した『源氏物語』の主人公光源氏を自らになぞらえ、そんな心境で還暦を迎えれば、

六十年踊る夜もなく過(すご)しけり

「文政句帖」文政五年

と、自分の一生を振り返り、その暗さに啞然とするのだった。

しかし還暦を迎えた正月には、ここまできたらもう、「荒凡夫」(「文政句帖」文政五年一月)＝野人そのままの路線は変えないと決断し、さらに句作に精を出す。次の表を見てみよう。一茶四八歳から六五歳までの年間句作数を示した表である。五九歳と六〇歳の年が句作数のピークであることが分かる。とくに五九歳の九月には一ケ月に四九九句も詠んでいるのに驚かされる。

四四歳の時（文化三年・一八〇六）の年間句数四七八句を上回っているからである。

ただ一茶は、「七番日記」をつけだす文化七年（一八一〇）から、一ケ月間に詠んだ句数を意識するようになっていて、その月に詠んだ句を数え、末尾に句数を書き込んでいる。たとえば、文化七年一月末には「至る八十一句、内戯一首」（実数六九句、一首）、二月末には「至八十句」（七九句、一首）と記し、一二月の最後には「年尾惣計六百七十九句」と一年間に詠んだ総句数を書き留めた。この月間句数の合計は「八番日記」（文政二〜四年）、「文政句帖」（文政五〜八年）でも断続的に見られるが、年間の句数記録は文政五年（一八二二）五月まで毎年書き込まれている。

このことから一茶は六〇歳までは、意識的に月々にいくつ句を詠むかということを励みに句作

40代後半から一茶が詠んだ句数

48歳（文化　7年）	669
49　（　　8年）	429
50　（　　9年）	775
51　（　10年）	1001
52　（　11年）	1129
53　（　12年）	806
54　（　13年）	948
55　（　14年）	573
56　（文政 元 年）	978
57　（　　2年）	1030
58　（　　3年）	810
59　（　　4年）	1319
60　（　　5年）	1254
61　（　　6年）	601
62　（　　7年）	1057
63　（　　8年）	739
64　（　　9年）	107
65　（　10年）	58
	計 14283

注：一茶記念館編『〈解説〉一茶の生涯と文学』に収録の「七番日記」と「文政句帖」に書かれている一茶の句数表に，一茶58〜60歳の「八番日記」の句数を加えて筆者が作成.

に勤しんでいたと思われる。

一茶の記録数と実数にはやや隔たりがあるが、栗山理一が言うように「自己の俳諧の骨組みは、初期俳諧の宗鑑や、下っては貞門・談林の卑俗や機知から学びとろうとし、さらには狂歌・川柳のアフォリズムまで貪欲に摂取している」だけでなく、井原西鶴らの一日でできるだけ多くの句を詠む矢数(やかず)俳諧を意識していた節もある。井原西鶴は五二歳で亡くなるが、一茶はそれを六〇歳まで続けようとした点で驚くべき執念である。

しかし体力の衰えはどうにもならなかった。とくに寒さが一段と増してくる初雪が降る頃になると、老体は金縛りになり、死を自覚しはじめる。

極楽が近くなる身の寒〔さ〕哉　「八番日記」文政四年
はつ雪に一の宝の尿瓶(しびん)哉　「文政句帖」文政五年
はつ雪や我にとりつく不性(精)神　同　同
我恋は夜ごと〳〵の湯婆(たんぽ)哉　同　同
死下手(しにべた)とそしらば誹(そし)れ夕巨燵　同　同

尿瓶・湯たんぽ・炬燵が老いに欠かせない三大道具になったのである。

そしてまもなくそんなのんき気な老人気分を吹き飛ばす失意が訪れる。六一歳になった文政六年(一八二三)五月、最愛の妻菊女三七歳の死である。

小言いふ相手のほしや秋の暮　「文政句帖」文政六年
小言いふ相手は壁ぞ秋の暮　同　文政六年

と、小言を言う相手が壁では、もう何も答えてはくれない。夫婦喧嘩もできない。お菊と呼んでも返事がない。むなしく秋風が吹くだけである。村の人々たちとの日常のやりとりはみんな菊女まかせだったし、前年生まれた三男のことを考えると、明日からの生活が不安になり、後妻の斡旋を頼むことになる。

しかしこの淋しさを紛らすには、句を詠むこと以外になかった。さすがにこの年は極端に句作数が減るが、翌年には再び一千を超す句を詠みだすのは、そのためである。

そしてこれまでは、一年の半分以上、門人宅回りで家を明けていたが、この年は三月から五月のほとんどを「在庵」＝自宅で過ごして菊の看病に費やし、一茶が「他郷」と呼ぶ回村の日数を「在庵」が上回った。すでに述べたように在宅の時間は、日記の整理、全国から寄せられる句集や俳文集からの抄録(「随斎筆紀　抜書」の継続)、返書と礼状の執筆、さらに六〇代から始めた膨大な数の歴史・国学・古典文学に関する学習とそのメモに費やされた。こうした書籍類は高価で簡単に入手できるものではない。おそらく裕福な門弟宅に回った際に借り受けたので、詳細な読書記録を残したのだろう。

姥捨て伝説

一茶は信州に生きる俳諧師である。その点で老いが深まるとこれまであまり気にしなかった信州ならではの風物が、急に気になるようになってくる。それは年老いた親を山に捨てるという故郷の伝説として有名な姥捨て（うばすて）の物語である。

俳諧師である限り、一茶が姥捨山の故事来歴を知らないはずはない。冠着（かんむりき）山は古来姥捨山と呼ばれ、『今昔物語』や『古今和歌集』などの古代文学にしばしば取り上げられ、世阿弥の謡曲『姥捨』の題材となったので、芭蕉もまたそれに倣い貞享五年（一六八八）にこの山を訪れている。一茶は芭蕉の「さらしなの里、おばすて山の月見ん事、しきりにすゝむる秋風の心に吹さはぎ」という『更科（さらしな）紀行』の文章に誘われて、文化六年（一八〇九）八月一五日、姥捨山に登って月見をした（「菫艸」序文）。その時は「浅間山あるかにみえて、烟茶を煮るけぶりをさそひ、善光寺は遠く隔たれど」と優雅な気分に浸って下山した。その後も信濃の俳諧師仲間の間を回遊していたので、その山の形は見慣れていて、時折句に詠んでいた。

しかし五〇代になって見る姥捨山への思いはまるで違ってしまった。

か丶る時姥捨(うばすて)つらん夜寒哉　「七番日記」文化一二年
捨られし姥(うば)の日じ(ぢ)ややら村時雨　同　同
姥捨(うばすて)た奴(やつ)も一つの月見哉　同　文化一四年
姥捨た奴もあれ見よ所がら　同　同
秋風や翌(あす)捨らる丶姨(うば)が顔　同　同
姨捨(おばすて)に今捨られしかゞし哉　同　同
捨〔ら〕る丶迄とや姨(をば)のおち葉かく　同　同
姥捨(うばすて)た罪も亡(ほろび)んけふの月　「八番日記」文政二年
姨(をば)捨た奴はどこらの草の露　同　文政三年

と、そこには名月観賞などという風雅な気分などまるでない。これらの句からは捨てられる老婆と捨てる者の悲哀が読み取れる。老いとは何か。一茶にとって切実な思いだったのだろう。だから姥捨ては季節を問わずつい意識してしまうテーマになったのである。

生と性への執念

一茶はその後まもなく、飯山(現長野県飯山市)藩士田中家の娘雪(三八歳)と再婚したがすぐ離婚する。武家育ちで宿場の風俗や習慣に馴染めず、そのうえ失禁など一茶の老化現象に対する嫌気が原因だったようである。

しかし一茶はそれにもめげず体力の衰えを感じながらも、精力的に近隣の門弟たちの間を回り、句会を催しては句を詠み続けた。そして依然として政治や社会の動きへの関心も衰えることはなかった。文政七年(一八二四)末、門弟回りの途中で、病魔を押して門弟一人に書いた書状に

江戸へ大馬下り候由、御覧被成候哉
日本のとしをとるのがらくだ哉

(「文路あて書簡」文政七年一一月)

という句を認めている。この年、紀州藩主より将軍に献上された駱駝(らくだ)が中山道を下ったという情報を聞き、その駱駝に対しても、駱駝と「楽だ」をかけて、日本は住み良い国だよと自慢するほど頭はしっかりしていた。

しかし元来の酒好きと老化現象による病状の悪化は止まらなかった。出向いた門弟宅ではし

ばしば迷惑をかけ、帰っては床につく日が増えていった。そしてついに

ぽっくりと死が上手な仏哉　　「文政句帖」文政九年

と、だれにも迷惑をかけずぽっくり成仏したいものだなどという句を詠みだす。しかしそんな句を詠みながらも生と性への執念は衰えず、文政九年(一八二六)、越後頸城郡二股村(現新潟県妙高市)の宮下家から三人目の妻やを(三二歳)を迎えた。看病のために結婚させられたような女性だが、一茶の精力は衰えていなかった。相変わらず門弟の家を転々と回りながら句作にも励んでいた。しかしその間一茶は次のような句を残している。

耕ずして喰ひ　織ずして着る体たらく、今まで罰のあたらぬもふしぎ也。

花の影(陰)寝まじ未来が恐しき　　「文政九・十年句帖写」文政一〇年

すゞしさやみだ成仏の此かたは　　同　　同

花の咲く木陰でちょっと休むと、そのまま死んでしまうかも知れない。そうしたら「未来」＝死後の世界は、やっぱり地獄だろうなあ、と怖くなって目が覚めたというのである。

ずっと不耕の民であることへのコンプレックスを持ち続けてきたのである。でも気持ちの良い涼しい風は阿弥陀様の方から吹いている。だからきっと成仏できるだろうと、ほっとするのだった。

こんなことを思いめぐらしながら一茶は、文政一〇年(一八二七)一一月一九日、この年閏六月の大火で焼け出されたため、仮住まいの土蔵のなかで息を引き取る。享年六五歳であった。一茶の子孫は、一茶の死後、やをとの間に生まれた女子やただ一人だった。ちなみに成長したやたは婿を迎え、一茶の血筋は明治以降も途絶えることなく続いている。

これほどまでに自らの老いの過程をリアルに句に詠み込んだ俳諧師はいないと思う。老いとは何か。晩婚であったこと、生まれ来る子どもたちの次々の夭折、孤独。たしかに特殊な事情があったとしても、ここまで老いの姿を赤裸々に句に託したのは、なぜなのかと思ってしまう。しかも病魔におそわれつつも、句を詠み続け、当時の句界を展望し、古典学習に励んだ老いの生き方に、葛飾北斎、鶴屋南北、そして曲亭馬琴など、老いてから名画、名作を描き書き残した同時代人に共通する凄さを感じてならない。

しかし北斎や南北、そして馬琴との違いは、彼らは生きている時、すでに時代の寵児であり英雄で、その芸術性が高く評価されていたのに対し、一茶は俳諧師仲間の間では、そうであっても多くの人々に知られた存在ではなかった点にある。そのため近代になって子規によってその文学性が評価されてやっと、国民に親しめる俳諧師となったのである。その点でも一茶がたどった人生と業績にさまざまな方向から焦点を合わせ、新しい一茶像を描く作業は意義のあることと思う。

おわりに

私は日本文学の研究者でも俳人でもない。ただかつて信濃教育会編の『一茶全集』全八巻・別巻を購入して読む機会があり、その時、「世直し」という言葉がしばしば出てくるのに大きな驚きを感じ、そこからどんな俳諧師か関心を持った日本近世史を研究していた一歴史学者に過ぎない。

ではなぜ、一歴史学者が江戸時代を代表する俳諧師小林一茶の研究をはじめようとしたのか。「はじめに」でも少し触れたが、一茶が生涯にわたり、日記や書簡など膨大な記録を残していること、そして一茶の視点が常に民衆に向けられていたことがその理由である。一茶の句や生涯から文化文政期という時代が描けるのではないか。そう考えたのである。

今年は、一茶生誕二五〇年という記念すべき年だ。一茶の地元長野県信濃町でも種々のイベントが開催され、また最近では、本書でも取り上げた正岡子規による一茶評「一茶の俳句を評す」の自筆原稿の発見が大きなニュースとして取り上げられた。それほど現在では一茶に関心を寄せる人々は多い。一茶の句はそれほどまでに人々の心を打つのだろう。そのため一茶を題材にした小説から、解説書、研究書にいたるまで、一茶に関する書籍は数多く刊行されている。たとえば、俳人金子兜太さんは、一茶を文学的に見てすごい俳人だと評価し、その句にみられる「いのち」や「こころ」、そして人間的情感などを芭蕉の句と比較して論ずる。また、文学の立場から一茶像を描いてきた、現在の一茶研究をリードする矢羽勝幸さんのような研究者もいる。そうした数ある一茶に関する書籍と本書の違いは何か。

一茶は生涯を通して、農民への畏敬、都市に暮らす裏長屋などの下層民への共感、政治や経済への強い関心を変わることなく持ち続けた社会性豊かな稀有な俳諧師であった。その俳諧師が自ら生きた文化文政期という時代をどのように見ていたのか。それを一茶の句を使って描いてみたのが本書である。その意味では一茶の生涯や句の解釈に重きを置く他書とは一線を画す、珍しい一茶研究書といえるだろう。

そうするとさらなる疑問を持つ読者がいるかもしれない。なぜ文化文政期という時代を描く必要があるのかという疑問である。最後にその点について触れて本書を終えたい。

『広辞苑　第六版』には、「文化文政時代」について、次のように書かれている。

徳川第一一代将軍家斉(いえなり)治下の後半期、文化・文政年間を中心とした時代。綱紀弛み風俗頽廃、江戸市民は遊楽を事としたが、町人芸術は爛熟の極に達し、小説(山東京伝・式亭三馬・曲亭馬琴)、戯曲(鶴屋南北)、俳諧(小林一茶)、浮世絵(喜多川歌麿・東洲斎写楽・葛飾北斎)、西洋画(司馬江漢)、文人画(谷文晁)などにすぐれた作家を輩出した。また地方文化も盛んとなった。化政期。

ちょっと簡潔すぎるのでもう少し詳しく説明しよう。一般に文化文政期といわれる時期とは、一一代将軍徳川家斉による治世が行われていた文化〜文政年間から天保年間前半の時期を指し、別名、大御所時代ともいわれている。それは、寛政の改革の立役者である老中松平定信が失脚し、家斉親政の下で幕政の綱紀がゆるみ、そうした政治状況を反映して、一時期改革で抑えつけられていた都市・農村の商品経済が再び活気を取り戻し、さらにいっそうの発展を見せ始めた時期であった。

このような活況を背景に、江戸町民を中心にした新たな民衆文化や独自の地方文化が生まれだす。「通」や「粋(いき)」という言葉に象徴される「洒落」や「うがち」、「ちゃかし」など、上層の江戸町人の屈折した心情を表現した川柳や狂歌、洒落本などの諸文芸に代表される宝暦・天明期までの文化とは違った、いまだ洗練されていない中・下層町民の生活観を肯定する「野暮」に代表される文化、それが文化文政期の文化だった。つまり民衆が主役となった文化の誕生である。

しかし「野暮」の文化が成り立つためにはいくつかの前提が必要となる。まず第一に庶民の多くが読み書き能力を持っていなければ文化を生み出すことも享受することもできない。また情報や出版物が庶民の手にも容易に届くようになる必要がある。そのためには人やモノを日本中に行き渡らせるためのシステムが確立されなければならない。彫りや摺りといった高度な出版技術が生まれ、それに耐えうる丈夫な紙が作り出され、貸本屋が登場することで、書籍が容易に庶民の手に届くようになったことも大きい。文化文政期にはこうしたいくつも前提がクリアできる社会が生まれていた。だからこそ江戸などの都市に暮らす人々を中心とした文化だけでなく、地方にも独自の文化が花開いたのである。

文化文政期の社会や文化を描くためには、支配した側からではなく、支配された側、つまり文化を生み出し、享受した人々の視点に立った歴史像の提示こそが必要であり、またそうした方法のほうが、時代を活き活きと描けるのではないかと私はずっと考えていた。その点で一茶が残した二万強の句は格好の材料を提供してくれたのである。

一茶の句からは、当時の識字教育の様子や、書籍や情報のやり取り、庶民の対外認識や大名など上層民への思い、さらには俳諧を中心とした地方文化の隆盛などさまざまなことを知ることができる。本書を読んでいただければよく分かるだろう。一茶の句にはこんな見方もできるのである。

掃き溜めのような裏長屋でしか生きられない貧しい人々の苦労や、けなげに生きようとする生活者たちの姿態や哀歓に共感して詠まざるを得なかった一茶の一つ一つの句を、もう一度読み直し、そのうえで一茶が生きた時代を再現しようと試みたのが本書である。一茶の生涯や彼が詠んだ句、そして何より文化文政期の社会や文化を知るうえで、本書が少しでも役立てば望外の喜びである。

青木美智男

附記

筆者である青木美智男は、本書『小林一茶』を書き上げた直後、調査のために訪れた金沢の地において急逝された。したがって本書は著者が世に問うた最後の本となる。まだまだ研究することがたくさんあると常々話していた筆者が、志半ばで亡くなられたことは非常に残念なことであり、心からご冥福をお祈りする次第である。

当初、編集部が受け取った筆者の原稿には、挿入するための表の抜け、文章の重複などもあり、筆者としても、入稿後、さらに加筆・修正を行うつもりでいたことは間違いない。そのため、本書の訂正や修正、補筆は、僭越ではあるが、筆者の最後の勤務校である専修大学時代の教え子の一人であり、「専修大学史編集主幹」という肩書きも持つ筆者と同じ職場に勤務していた私が、ご遺族および編集部の許可を得て行った。とくに「おわりに」についても筆者は最初の二、三行を書いたのみで、ほとんど手を付けていなかったため、私が筆者のこれまでの一茶に関する著作物、論文、講演レジュメなどを参考にしながら大幅に加筆したことをお断りしておく。

本書の内容に不備があったならば、その責任は筆者だけでなく私にもある。もし読者諸氏で間違いにお気づきの点があれば、お詫び申し上げるとともに、編集部までご連絡いただければ幸いである。

二〇一三年八月

専修大学大学史資料課　瀬戸口龍一

一茶発句索引

あ 行

あゝ暑し何に口明くばか烏　19
秋風や翌捨らるゝ姨が顔　169
秋風やつみ残されし桑の葉に　131
秋の風乞食は我を見くらぶる　51
秋の夜の独身長屋むつまじき　52
秋の夜や旅の男の針仕事　77
秋の夜や隣を始〔め〕しらぬ人　52
商人やうそ〔を〕うつしに蝦夷が島　143
朝寒し〱と菜うり箕うり哉　61
安蘇一見急ぎ候やがて神無月　79
暑〔き〕日や見るもいんきな裏長屋　56
あんな子や出代にやるおやもおや　35
一茶坊に過たるものや炭一俵　58
稲妻や一切づゝに世がなをる　19
稲の葉に忝さのあつさ哉　18
今しがた此世に出し蟬の鳴　12
いろはでも知りたくなりぬ冬籠　36
牛車の迹ゆく関の清水哉　72
打解る稀の一夜や不二の雪　72
姥捨た罪も亡んけふの月　169
姥捨た奴もあれ見よ所がら　169
姥捨た奴も一つの月見哉　169
馬の子も同じ日暮よ蝸牛　12
梅がゝやおろしやを這す御代にあふ　109
梅がゝやどなたが来ても欠茶碗　53
うら住やそりの合たる一人蚊屋　56
うら店は蚤もいんきか外へとぶ　56
えた寺の桜まじ〱咲にけり　148
穢太町に見おとされたる幟哉　148
穢多町も夜はうつくしき砧哉　148
ゑた村〔の〕御講幟やお霜月　148
穢〔多〕村や男日でりのむら若葉　148
ゑた村や山時鳥ほとゝぎす　148
穢太らが家の尻より蓮の花　148
越後衆や唄で出代る中仙道　64
江戸風を吹かせて行や蝦夷が島　143
江戸口やまめで出代る小諸節　22, 63
江戸住や赤の他人の衣配　60
江戸ずれた大音声や時鳥　65
江戸〔ッ〕子におくれとらすな時鳥　65
えどの世は女もす也節き候　146
榎迄ことしは行かず雪礫　162
老が世に桃太郎も出よ桃の花　161

大菊や今度長崎よりなどゝ　79
大連や唄で出代る本通り　63
大御世は火の字をもゝにけり　116
大御代や小村〳〵もとしの市　116
大み代や灯ろ〔う〕を張る大納言　116
おくゐぞや仏法わたる花も咲　141
男なればぞ出代るやちいさい子　35
姨捨に今捨られしかゞし哉　169
姨捨た奴はどこらの草の露　169
おもしろや隣もおなじはかり炭　59
親雀子をかくせとや猫をおふ　10

か 行

かゝる時姥捨つらん夜寒哉　169
かくれ家や歯のない口で福は内　25
笠寺に予はかさとりてすゞみ哉　72
かすむやら目が霞やらことしから　162
風はやゝ三保に吹入る蟬の声　72
鰹一本に長家のさはぎ哉　60
門〳〵に青し蚕の屎の山　132
門口や上手に辷る節季候　146
門の松おろしや夷の魂消べし　109
鉄釘のやうな手足を秋の風　162
蟹と成て八島を守〔る〕野分哉　84
金のなる木のめはりけり穢太が家　148
から風やしかもしらふのせつき候　147
から人と雑魚寝もすらん女哉　78
唐人も見よや田植の笛太鼓　79
借直し〳〵ても蚤莚　53
雁鳴や今日本を放るゝと　111
元日も爰らは江戸の田舎哉　52
元日や日本ばかりの花の娑婆　113
義仲寺へいそぎ候はつしぐれ　82
来て見ればこちらが鬼也蝦夷が島　143
君が代の木陰を鹿の親子哉　114
君が代は女もす也冬籠り　114
君が代は女も畠打にけり　115
君が代は乞食の家ものぼり哉　114
君が代や厩の馬へも衣配　115
君が世やかゝる木陰もばくち小屋　114
君が世や風治りて山ねむる　74
君が世やから人も来て年ごもり　78
君が世や乞食へあまる年忘　74
君が世や茂りの下の那蘇仏　78
君が世や蛇に住替る蓮の花　74, 114
君が世や旅にしあれど笥の雑煮　75
君が世や寺へも配る伊勢暦　78
君が代や厄をおとしに御いせ迄　115
君が代や世やとやそよぐことし竹　114

君が代を雀も唄へそりの唄　114
くはう〳〵と穢太が家尻の清水哉　148
鍬の罰思ひつく夜や雁の鳴　15
桑の木は坊主にされてかんこ鳥　131
桑の木は坊主にされてけしの花　131
けふからは日本の雁ぞ楽に寝よ　112
木がらしに三尺店も我夜也　52
木がらしや桟を這ふ琵琶法師　61
木がらしや地びたに暮るゝ辻諷ひ　61
穀つぶし桜の下にくらしけり　16
国土安穏とのんきにかゞし哉　20
穀値段どか〳〵下るあつさ哉　19
極楽が近くなる身の寒〔さ〕哉　166
小言いふ相手のほしや秋の暮　167
小言いふ相手は壁ぞ秋の暮　167
心からしなのゝ雪に降られけり　157
五十里の江戸〔を〕出代る子ども哉　35
此国のものに成る気か行ぬ雁　112
子の真似を親もする也せつきぞろ　146
米国の上々吉の暑さかな　18
是がまあつひの死所かよ雪五尺　160
是からは大日本と柳哉　108, 113
こんな身も拾ふ神ありて花〔の〕春　160
今夜から世が直るやら鐘さへる　126
今夜から世がやや鐘さへる　126

さ行

桜さく大日本ぞ〳〵　113
扨も〳〵六十顔の出代りよ　63
さまづけに育られたる蚕哉　132
三絃でせきぞろするや今浮世　147
三絃は妻に引せてせつき候　147
寒き夜や我身をわれが不寝番　75
三度くふ旅もつたいな時雨雲　76
しなのぢやそばの白さもぞつとする　30
死下手とそしらば誹れ夕巨燵　166
十月やほの〴〵かすむ御綿売　61
正月やゑたの玄関も梅の花　148
証文が物をいふぞよとしの暮　159
白壁の里見くだしてかんこ鳥　135
白壁のそしられつゝもかすみけり　135
神国の松をいとなめおろしや舟　109
涼風の曲りくねつて来たりけり　56
涼しさに夜はゑた村でなかりけり　148
すゞしさやみだ成仏の此かたは　171
雀の子そこのけ〳〵御馬が通る　3
捨〔ら〕るゝ迄とや姨のおち葉かく

169
捨られし姥の日じやゝら村時雨 169
炭の火のふく〳〵しさよ藪隣 59
炭の火も貧乏ござれといふべ哉 57
炭もはや俵たく夜と成にけり 58
炭もはや俵の底ぞ三ケの月 58
すりこ木のやうな歯茎も花の春 24
すりこ木もけしきに並ぶ夜寒哉 53
せき候に負ぬや門のむら雀 145
節季候の見むきもせぬや角田川 146
せき候も三弦にのる都哉 147
せき候や七尺去て小せき候 146
せき候やよい年をして画どり顔 147
節季候を女もす也それも御代 146
鶺令の尻ではやすやせ〔つ〕き候 146
銭金をしらぬ島さへ秋の暮 143
僧正が野糞遊ばす日傘哉 150
僧正の天窓で折し氷柱哉 150
僧正の頭の上や蠅つるむ 151
僧正も榾火仲間の坐とり哉 150
外は雪内は煤ふる栖かな 75
そば時や月のしなのゝ善光寺 22
そよ〳〵と世直し風やとぶ螢 121

た 行

大名と肩並べけりきくの花 150
大名の一番立のほた火哉 150
大名の凧も悪口言れけり 150
大名の花火そしるや江戸の口 150
大名は濡れ〔て〕通るを巨燵哉 150
大名を馬からおろす桜哉 150
耕さぬ罪もいくばく年の暮 15
竹ぎれで手習ひ〔を〕するまゝ子哉 44
忽に淋しくなりぬ炭俵 58
店賃の二百を叱る夜寒哉 55
田の雁や村の人数はけふもへる 22
たのもしや棚の蚕も喰盛 132
ちとの間は我宿めかすおこり炭 57
ちよんぼりと不二の小脇の柳哉 152
月影や赤坂かけて夕すゞみ 72
月やこよひ舟連ねしを平家蟹 84
月や昔蟹と成ても何代目 84
づぶ濡〔れ〕の大名を見る巨燵哉 150
出代てなりし白髪やことし又 63
出代の市にさらすや五十顔 63
出代のまめなばかりを手がら哉 63
出代や江戸をも見ずにさらば笠 63
出代や帯ば〔つ〕かりを江戸むすび

63
出代や直ぶみをさるゝ上りばな 36
出代や六十顔をさげながら 63
天皇の袖に一房稲穂哉 106
天皇のた〔て〕しけぶりや五月雨 106
塔ばかり見へて東寺は夏木立 72
とく暮れよことしのやうな悪どしは 124
としとるは大名とても旅宿哉 150
としより〔も〕あれ出代るぞことし又 63
ともかくもあなた任せのとしの暮 163

な 行

なけなしの歯をゆるがしぬ秋の風 24
夏の夜に風呂敷かぶる旅寝哉 75
なの花のとつぱづれ也ふじの山 152
なまけるないろはにほへと散桜 41
南天よ巨燵やぐらよ淋しさよ 53
日本と砂へ書たる時雨哉 113
日本にとしをとるのがらくだかな 113
日本のうどんげ咲ぬ又咲ぬ 113
日本の外ヶ浜迄おち穂哉 113
日本の年がおしいかおろしや人 109
日本のとしをとるのがらくだ哉 170
日本はばくちの銭もさくら哉 113
寝にくても生在所の草の花 158

は 行

はかり炭一升買の安気哉 58
はかり炭先子宝が笑ふ也 59
芭蕉翁の臑をかぢつて夕涼 7
芭蕉忌やえぞにもこんな松の月 143
はつ雪に一の宝の尿瓶哉 166
初雪やいま〳〵しいといふべ哉 29
初雪やいろはにほへと習声 40
はつ雪や我にとりつく不性神 166
初夢に古郷を見て涙哉 77
初雷やえぞの果迄御代の鐘 108
鳩鳴や爺いつ迄出代ると 63
花おの〳〵日本だましひいさましや 113
花げしのふはつくやうな前歯哉 24
花さけや仏法わたるえぞが島 141
花の影寝まじ未来が恐しき 171
花の世や出家士諸あき人 149
這へ笑へ二ツになるぞけさからは 163
腹上で字を書習ふ夜寒哉 37
春がすみ鍬とらぬ身のもつたいな 16
春風の国にあやかれおろしや舟

109
火種なき家を守るや梅〔の〕花　57
人誹る会が立なり冬籠　159
人並に棚の蚕も昼寝哉　132
人の吹く霧もかすむやえぞが島　143
人の吹く霧も寒いぞえぞが島　143
日の本や金も子をうむ御代の春　113, 133
日の本や天長地久虎が雨　113
ふぐ会を順につとむる長屋哉　60
福の神やどらせ給へおこり炭　57
福〳〵といせ屋がおくの炭火哉　59
古郷は小意地の悪い時雨哉　159
古郷やよるも障〔る〕も茨の花　157
古盆の灰で手習ふ寒〔さ〕哉　37
平家蟹昔はこゝで月見船　84
反古凧や隣は前田加賀守　150
細腕に桑の葉しごく雨夜哉　132
ぽつくりと死が上手な仏哉　171
ぼて振や歩行ながらのゑびす講　61
盆の灰いろはを習う夜寒哉　37

ま 行

前の人も春を待しか古畳　53
負てから大名の菊としられけり　150
まけられて箱に入ぬや一升炭　58
正夢や春早々の貧乏神　158
又ことし娑婆塞ぞよ草の家　16
町中をよい年をしてせつき候　146
松蔭に寝て食ふ六十余州哉(松かげに寝てくふ)　3, 5
末世でも神の国ぞよ虎〔が〕雨　128
末世でも珠数のなる木や道明寺　128
末世とてかたづけがたし虎が雨　128
継ッ子が手習〔を〕する木〔の〕葉哉　44
まゝつ子や灰にいろはの寒ならい　44
道とふも延慮がましき田植哉　13
孤の我は光らぬ螢かな　164
御仏やえぞが島へも御誕生　141
冥加あれや日本の花惣鎮守　112
みやこ哉東西南北辻が花　72
迎火やどちへも向かぬ平家蟹　84
椋鳥と人に呼るゝ寒〔さ〕哉　39, 69
むさしのは不二と鰹に夜が明ぬ　153
むつどのゝ凧とくらべて自慢哉　150
村中にきげんとらるゝ蚕哉　132
名月を取てくれろと泣く子哉　24
目出度さもちう位也おらが春　163
もたいなや昼寝して聞田うへ唄　13

や 行

家うちして夜食あてがふ蚕哉　132
痩蛙まけるな一茶是に有　3

瘦臑を抱合せけり桐一葉　53
藪入よ君が代諷へ麦の雨　114
山寺や木がらしの上に寝るがごと　75
夕顔や世直し雨のさばく／＼と　121
夕立や名主組頭五人組　7
夕不二に尻を並べてなく蛙　152
雪ちるやきのふは見へぬ明家札　54
雪ちる〔や〕七十顔の夜そば売　61
雪とけて村一ぱいの子ども哉　3, 41
雪の日や字を書習ふ盆〔の〕灰　37
雪の日や古郷人もぶあしらひ　157
能い女郎衆岡崎女良衆夕涼み　72
宵く／＼に見べりもするか炭俵　58
世が直るなをるとでかい螢かな　127
世が直るく／＼と虫もをどり哉　127
世直しの大十五夜の月見かな　20
世直しの竹よ小藪よ蟬時雨　121
世直しの夕顔さきぬ花さきぬ　127
世〔の〕中はどんどゝ直るどんど哉　126
世の中をゆり直すらん日の始　122
よりかゝる度に冷つく柱哉　53
夜の霜しんく／＼耳は蟬の声　163
夜く／＼は炭火福者のひとり哉　57

ら 行

六十年踊る夜もなく過しけり　164

わ 行

我庵は江戸のたつみぞむら尾花　22
我恋は夜ごとく／＼の湯婆哉　166
我好て我する旅の寒〔さ〕哉　77
渡〔り〕鳥日本の我を見しらぬか　111
渡る雁我とそなたは同国ぞ　112
我と来て遊べや親のない雀　3

年表

西暦(元号)	齢	主な事項
1763(宝暦13)	1	5月，信濃柏原宿で出生．名は弥太郎．父弥五兵衛・母くに
1765(明和 2)	3	8月，母くに死去
1770(明和 7)	8	この年，継母さつがくる
1772(安永元)	10	1月，田沼意次，老中になる．5月，弟仙六(専六)生まれる
1776(安永 5)	14	8月，祖母かな死去．弥太郎，疫病に罹り一時重体
1777(安永 6)	15	春，江戸奉公に出る
1783(天明 3)	21	7月，浅間山大爆発．天明の飢饉はじまる
1784(天明 4)	22	3月，旗本佐野政言，江戸城中で若年寄田沼意知を刃傷
1786(天明 6)	24	8月，田沼意次，老中罷免
1787(天明 7)	25	5月，江戸・大坂で打ちこわし起こる．6月，寛政の改革がはじまる．このころ，一茶，葛飾派小林竹阿(二六庵)の内弟子になる
1790(寛政 2)	28	4月，溝口素丸に入門．この年，素丸の執筆となる
1792(寛政 4)	30	3月，西国へ旅立つ．四国，九州へ向かう．9月，ロシア使節ラックスマン，漂流民大黒屋光太夫らを護送して根室へ
1793(寛政 5)	31	九州各地を回り四国へ向かい著名な俳諧師らと交流．7月，松平定信，老中辞職
1798(寛政10)	36	6月，江戸へ帰る．7月，一時郷里に帰る．この年から全国の俳諧師との交流記「急逓記」を記録する
1801(享和元)	39	3月，帰省．4月父発病．看病中，財産分与の遺言状をもらう．5月，父死去．「父の終焉日記」を書き始める
1804(文化元)	42	この年，葛飾派を離れ夏目成美の句会(随斎会)に出るようになる．9月，ロシア使節レザノフ，長崎来航

1807(文化 4)	45	11 月，帰省して財産相続の交渉を開始する
1809(文化 6)	47	信州飯田藩領および幕領にて紙問屋騒動起きる
1810(文化 7)	48	11 月，夏目成美宅の金子紛失事件に巻き込まれる．遺産相続がもめて江戸—柏原間を往復
1811(文化 8)	49	この年，夏目成美の「随斎筆紀」を抄録し，全国の俳諧師の句を集め，書き加える作業に着手
1812(文化 9)	50	6 月，遺産相続の交渉に帰郷．11 月，故郷に永住することを決意し帰郷，借家住まいをする
1813(文化10)	51	1 月，遺産相続和解．10 月，善光寺門前打ちこわし騒動
1814(文化11)	52	4 月，菊女と結婚
1819(文政 2)	57	『おらが春』執筆
1823(文政 6)	61	菊女死去
1824(文政 7)	62	ゆきと再婚・離婚
1825(文政 8)	63	12 月，赤蓑騒動起こる
1826(文政 9)	64	やをと再々婚
1827(文政10)	65	11 月，死去

参考文献

小林一茶関係

『一茶と句碑』刊行会編『一茶と句碑』里文出版，2003 年
一茶記念館編『《解説》一茶の生涯と文学』一茶記念館，2004 年
大場俊助『一茶の研究』島津書房，1993 年
尾形仂・森田蘭校注『蕪村全集 1　発句』講談社，1992 年
尾形仂・山下一海校注『蕪村全集 4　俳詩・俳文』講談社，1994 年
金子兜太『小林一茶』講談社，1980 年
金子兜太『一茶句集』岩波書店，1983 年
金子兜太『漂泊三人 ―― 一茶・放哉・山頭火』飯塚書店，1983 年
金子兜太『荒凡夫　一茶』白水社，2012 年
栗生純夫『一茶随筆』桜楓社，1971 年
栗山理一『俳諧史』塙書房，1963 年
栗山理一『小林一茶』筑摩書房，1970 年
栗山理一『芭蕉の俳諧美論』塙書房，1971 年
小林計一郎『小林一茶』吉川弘文館，1961 年（新装版 1986 年）
小林計一郎『一茶―その生涯と文学』信濃毎日新聞社，2002 年
信濃教育会編『一茶全集』全 8 巻・別冊，信濃毎日新聞社，1976～80 年
越統太郎・清水哲『一茶の句碑』俳諧寺一茶保存会，1990 年
瀬木慎一『蕪村 ―― 画俳二道』美術公論社，1990 年
田辺聖子『ひねくれ一茶』講談社，1992 年
玉城司編『新資料『探題句牒』 ―― 小林一茶と門人たち』鬼灯書籍，2011 年
千曲山人『一茶を訪ねて ―― 一茶と善光寺』文芸書房，2001 年
束松露香『俳諧寺一茶』一茶同好会，1910 年
藤岡筑邨『信濃路の俳人たち』信濃毎日新聞社，1975 年
藤沢周平『一茶』文藝春秋，1978 年
松尾靖秋・金子兜太・矢羽勝幸『一茶事典』おうふう，1995 年
丸山一彦・小林計一郎校注『古典俳文学大系 15　一茶集』集英社，1970 年

参考文献

宮沢義喜・宮沢岩太郎編『俳人一茶』三松堂，1897年(1999年，信濃毎日新聞社出版局から再刊)
矢羽勝幸編『信州向源寺一茶新資料集』信濃毎日新聞社，1986年
矢羽勝幸編『一茶の総合研究』信濃毎日新聞社，1987年
矢羽勝幸『信濃の一茶』中央公論社，1994年
矢羽勝幸・湯本五郎治編『湯薫亭一茶新資料集』ほおずき書籍，2005年

史 料

朝倉治彦編，池田弥三郎ほか監修『日本名所風俗図会4　江戸の巻2』角川書店，1980年
伊原敏郎『歌舞伎年表』第5巻，岩波書店，1960年
井本農一・堀信夫注解『新編日本古典文学全集70巻　松尾芭蕉集1』小学館，1995年
遠藤哲夫・市川安司編『新釈漢文大系8　荘子』下，明治書院，1967年
岡田甫校訂『誹風柳多留全集』1〜12巻，三省堂，1976〜84年
片桐洋一校注『新日本古典文学大系6　後撰和歌集』岩波書店，1990年
斎藤月岑，朝倉治彦校注『東都歳事記』1〜3(東洋文庫)，平凡社，1970〜82年
佐佐木信綱編『新訂新訓万葉集』上巻，岩波書店，1954年
田中裕・赤瀬信吾校注『新日本古典文学大系11　新古今和歌集』岩波書店，1992年
富山奏校注『芭蕉文集』新潮社，1978年
武陽隠士，本庄栄治郎校訂，奈良本辰也補訂『世事見聞録』岩波書店，1994年
正岡忠三郎監修『子規全集』第4巻「俳論俳諧1」講談社，1975年
宮田正信・鈴木勝忠校注『古典俳文学大系16　化政天保俳諧集』集英社，1971年
矢島隆教編，鈴木棠三ほか校訂『江戸時代落書類聚』中巻，東京堂出版，1984年

研究書など

家永三郎『日本文化史』岩波新書，1982年
岩崎奈緒子『日本近世のアイヌ社会』校倉書房，1998年
岡村敬二『江戸の蔵書家たち』講談社選書メチエ，1996年
大嶋寛『松窓乙二伝』道新選書，1993年
海保嶺夫『エゾの歴史』講談社選書メチエ，1996年
加藤楸邨ほか監修『俳文学大辞典』角川書店，1995年
加藤周一『日本文学史序説』上下巻，ちくま学芸文庫，1999年
北原進『江戸の高利貸 ―― 旗本・御家人と札差』吉川弘文館，2008年
倉地克直『江戸文化をよむ』吉川弘文館，2006年
幸田成友『幸田成友著作集2　近世経済史篇2』中央公論社，1972年
杉仁『近世の地域と在村文化』吉川弘文館，2001年
高木蒼梧『義仲寺と蝶夢』義仲寺史蹟保存会，1972年
高野六雄『東北信地方の俳額史』信毎書籍出版センター，1999年
高橋敏『江戸の教育力』ちくま新書，2007年
田中秀和『幕末維新期における宗教と地域社会』清文堂出版，1997年
塚本学『小さな歴史と大きな歴史』吉川弘文館，1993年
長野県教育史刊行会編『長野県教育史』第1巻，1978年
西山松之助編『江戸町人の研究』第3巻，吉川弘文館，1976年
林屋辰三郎編『化政文化の研究』岩波書店，1976年
尾藤正英『日本文化の歴史』岩波新書，2000年
古川貞雄ほか『長野県の歴史』山川出版社，1997年
堀込喜八郎『芭蕉句碑を歩く ―― 茨城の五十八基』1〜4，筑波書林，1989年
松本四郎『日本近世都市論』東京大学出版会，1983年
守本順一郎『徳川時代の遊民論』未来社，1985年
安丸良夫『日本の近代化と民衆思想』平凡社ライブラリー，1999年
山形県編『図説山形県史 ―― 山形県史別編』第1巻，山形県，1988年

参考文献

筆者著作物

青木美智男『文化文政期の民衆と文化』文化書房博文社，1985 年
青木美智男『一茶の時代』校倉書房，1988 年
青木美智男『大系日本の歴史 11　近代の予兆』小学館ライブラリー，1993 年
青木美智男『深読み浮世風呂』小学館，2003 年
青木美智男監修，川上真理ほか編『近世信濃庶民生活誌 ── 信州あんずの里　名主の見たこと聞いたこと』ゆまに書房，2008 年
青木美智男『全集日本の歴史　別巻　日本文化の原型』小学館，2009 年
林英夫・青木美智男編『事典しらべる江戸時代』柏書房，2001 年
林英夫・青木美智男編『番付で読む江戸時代』柏書房，2003 年

青木美智男

1936年福島県生まれ．日本近世史．明治大学文学部卒業，東北大学大学院文学研究科修士課程修了．日本福祉大学教授を経て，専修大学教授．2007年定年退職．

社会史・文化史を中心に，百姓一揆や民衆史の発掘，文学資料から歴史を読み解くなど，幅広い分野を考察対象とする．地域史の編纂等も手掛ける．

著書に『一茶の時代』(校倉書房)，『日本の近世 17 東と西 江戸と上方』(中央公論社)，『百姓一揆の時代』(校倉書房)，『深読み浮世風呂』(小学館)など．

2013年死去．

小林一茶 時代を詠んだ俳諧師　　岩波新書(新赤版)1446

2013年9月20日　第1刷発行

著　者　青木美智男(あおき みちお)

発行者　岡本 厚

発行所　株式会社 岩波書店
〒101-8002 東京都千代田区一ツ橋 2-5-5
案内 03-5210-4000　販売部 03-5210-4111
http://www.iwanami.co.jp/

新書編集部 03-5210-4054
http://www.iwanamishinsho.com/

印刷・精興社　カバー・半七印刷　製本・中永製本

ISBN 978-4-00-431446-2　　Printed in Japan

岩波新書新赤版一〇〇〇点に際して

ひとつの時代が終わったと言われて久しい。だが、その先にいかなる時代を展望するのか、私たちはその輪郭すら描きえていない。二〇世紀から持ち越した課題の多くは、未だ解決の緒を見つけることのできないままであり、二一世紀が新たに招きよせた問題も少なくない。グローバル資本主義の浸透、憎悪の連鎖、暴力の応酬——世界は混沌として深い不安の只中にある。

現代社会においては変化が常態となり、速さと新しさに絶対的な価値が与えられた。消費社会の深化と情報技術の革命は、種々の境界を無くし、人々の生活やコミュニケーションの様式を根底から変容させてきた。ライフスタイルは多様化し、一面では個人の生き方をそれぞれが選びとる時代が始まっている。同時に、新たな格差が生まれ、様々な次元での亀裂や分断が深まっている。社会や歴史に対する意識が揺らぎ、普遍的な理念に対する根本的な懐疑や、現実を変えることへの無力感がひそかに根を張りつつある。そして生きることに誰もが困難を覚える時代が到来している。

しかし、日常生活のそれぞれの場で、自由と民主主義を獲得し実践することを通じて、私たち自身がそうした閉塞を乗り超え、希望の時代の幕開けを告げてゆくことは不可能ではあるまい。そのために、いま求められていること——それは、個と個の間で開かれた対話を積み重ねながら、人間らしく生きることの条件について一人ひとりが粘り強く思考することではないか。その営みの糧となるものが、教養に外ならないと私たちは考える。歴史とは何か、よく生きるとはいかなることか、世界そして人間はどこへ向かうべきなのか——こうした根源的な問いとの格闘が、文化と知の厚みを作り出し、個人と社会を支える基盤としての教養となった。まさにそのような教養への道案内こそ、岩波新書が創刊以来、追求してきたことである。

岩波新書は、日中戦争下の一九三八年一一月に赤版として創刊された。創刊の辞は、道義の精神に則らない日本の行動を憂慮し、批判的精神と良心的行動の欠如を戒めつつ、現代人の現代的教養を刊行の目的とする、と謳っている。以後、青版、黄版、新赤版と装いを改めながら、合計二五〇〇点余りを世に問うてきた。そして、いままた新赤版が一〇〇〇点を迎えたのを機に、人間の理性と良心への信頼を再確認し、それに裏打ちされた文化を培っていく決意を込めて、新しい装丁のもとに再出発したいと思う。一冊一冊から吹き出す新風が一人でも多くの読者の許に届くこと、そして希望ある時代への想像力を豊かにかき立てることを切に願う。

（二〇〇六年四月）

岩波新書より

文学

面白い本	成毛眞
近代秀歌	永田和宏
杜甫	川合康三
白楽天	川合康三
古典力	齋藤孝
読書力	齋藤孝
食べるギリシア人	丹下和彦
和本のすすめ	中野三敏
老いの歌	小高賢
魯迅	藤井省三
ラテンアメリカ十大小説	木村榮一
王朝文学の楽しみ	尾崎左永子
正岡子規 言葉と生きる	坪内稔典
季語集	坪内稔典
文学フシギ帖	池内紀
ヴァレリー	清水徹
ぼくらの言葉塾	ねじめ正一
季語の誕生	宮坂静生

和歌とは何か	渡部泰明
ミステリーの人間学	廣野由美子
小林多喜二	ノーマ・フィールド
いくさ物語の世界	日下力
漱石 母に愛されなかった子	三浦雅士
中国の五大小説 下 水滸伝・金瓶梅・紅楼夢	井波律子
中国の五大小説 上 三国志演義・西遊記	井波律子
中国文章家列伝	井波律子
三国志演義	井波律子
歌仙の愉しみ	大岡信 岡野弘彦 丸谷才一
新折々のうた 総索引	大岡信編
新折々のうた 2・8	大岡信
第五〜九折々のうた	大岡信
折々のうた	大岡信
中国名文選	興膳宏
日本の神話・伝説を読む	佐佐木隆
アラビアンナイト	西尾哲夫

グリム童話の世界	高橋義人
小説の読み書き	佐藤正午
笑う大英帝国	富山太佳夫
森鷗外 文化の翻訳者	長島要一
チェーホフ	浦雅春
英語でよむ万葉集	リービ英雄
源氏物語の世界	日向一雅
古事記の読み方	坂本勝
花のある暮らし	栗田勇
一億三千万人のための小説教室	高橋源一郎
ダルタニャンの生涯	佐藤賢一
漢詩	松浦友久
伝統の創造力	辻井喬
翻訳はいかにすべきか	柳瀬尚紀
一葉の四季	森まゆみ
フランス恋愛小説論	工藤庸子
太宰治	細谷博
陶淵明	一海知義
短歌パラダイス	小林恭二

岩波新書/最新刊から

1434 先生！ 池上彰 編

「先生！」――これから喚起されるエピソードは？ 池上さんの呼びかけに各界で活躍の二七名が答える。子どもと先生の関係は多様！

1435 柳宗悦 ―「複合の美」の思想― 中見真理 著

政治経済的弱者やマイノリティに対する温かい眼差しと文化の多様性と互いの学び、非暴力を重視した思想家としての柳を浮彫りに。

1436 おとなが育つ条件 ―発達心理学から考える― 柏木惠子 著

旧態依然の「あるべき」像に縛られたままの日本のおとなたち。どうすれば突破できるか。長い老後をいかに生きるかの処方箋。

1437 富士山 大自然への道案内 小山真人 著

美麗な山容、清らかな湧水。長年、富士を見つめてきた著者をガイド役に、その豊かな自然を旅する。［カラー口絵14頁］

1438 電気料金はなぜ上がるのか 朝日新聞経済部

相次ぐ電力料金の値上げ。隠された原発コスト、総括原価方式の弊害、国と業界の不適切な関係を解き明かし、問題の本質に迫る。

1439 物語 朝鮮王朝の滅亡 金重明

日本による朝鮮王朝滅亡の時代とそこに生きた人々を描き、朝鮮と明治日本の関係の実像にせまる。エピソード満載の歴史物語。

1440 科学者が人間であること 中村桂子

「人間は生きものであり、自然の中にある」。この「あたりまえ」の原点から、大震災以後の科学者像を考える、未来への熱い提言。

1441 中華人民共和国史 新版 天児慧

飛翔を始めた巨大な龍・中華人民共和国。その建国以来のダイナミックな歴史の流れを描く。定評ある通史をアップデートした新版。

(2013.9)